내가 좋아하는 것들, 시골

내가 좋아하는 것들, 시골

박정미 지음

(009)

스토리닷

불면증이 있는 친구에게 불면증에는 감자심기가 최고라고 알려주었더니
겁 없이 아침 밭을 따라나선다.

28쪽

동치미 하나로 밥 두 그릇을 비웠다.

44쪽

한 손에 살구를 쥐고 '탁' 따서 두 손으로 '사악' 반을 갈라 언니 입에 하나,
내 입에 하나 넣는다.
45쪽

심고 싶은 마음만으로 즐겁게 시작한 농사가 농촌의 한 풍경을 만들게
되는지 누가 알겠는가.

56쪽

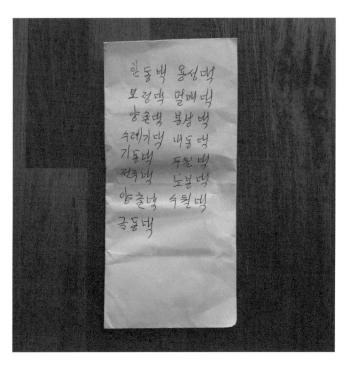

"정미에게 갈라니 마음 보탤 사람은 이 봉투에 담으라고 했어."

85쪽

논은 마흔 이후의 바다와 닮았다.
110쪽

농사는 저절로 요리하게 했다. 그때그때 맞는 재료들로 즐겁고, 따숩게 먹었다.
122쪽

된장도, 간장도, 고추장도, 김치도 담그며 살아가는 내 모습을 꿈꾼다.

144쪽

"개리지 않고 소탈하게 잘 묵어주니 고맙네."

"맛있어서 잘 먹는 거예요!"

다짜고짜 찾아와서 밥을 얻어먹는데도 고맙다 하시는 할머니가 나도 고마웠다.

163쪽

보따리는 쌈채소, 찻잎, 두릅, 매실, 블루베리, 포도, 밤, 감, 딸기와 같은 제철
수확물과 농부들의 이야기를 들으며 고른 책과 함께 꾸려졌다.

152쪽

서로에게 야무진 손이 되어준다.

186쪽

여기에 와서 비로소 '산다'라는 말의 의미를 알았다.

187쪽

차례

프롤로그

서러움도 고단함도 콩 털고,

깨 털듯 털어내며 살아가고 싶다

'올해는 좋아하는 완두콩과 감자를 듬뿍 심어야지. 거둔 감자와 완두콩으로 무슨 요리를 해 먹을까.' 마음은 콩밭에 두고서 호미 대신 키보드를 두드리며 노트북 앞에 앉아 글을 쓴다. 내가 좋아하는 시골을 전하기 위해서.

책방을 운영하며 책을 판매하고 있으면서도, 농부들과 할머니들의 삶을 글로 전하고 싶어 하면서도 정작 내 이야기를 책으로 만들자는 제의에는 망설여졌다. 내가 좋아하는 시골을 내 경험만으로 말해도 될까. 내가 좋아하는 시골을 어떻게 말해야 할까. 내가 보고 겪은 것이 전부가 아니기에 긴 고민을 했다. 오늘이라는 것은 늘 과정에 있긴 하지만, 한 해 두 해 보는 것이 다르고, 오늘이 되어서야 겨우 깨닫는 것이 있기도 하다. 오늘 깨달은 것은 다른 경험들로 또 익어지기도 하며 매해 달라지는 내 생각들을 오늘의 글로 남겨두는 것이, 혹여 그것이 시골의 전부로 보이지는 않을는지 조심스러웠다. 하지만 책방을 하는 한 사람으로서 마음을 고쳐먹고 그때그때의 누군가에게 그때그때의 내가 닿기를 바라는 마음으로 써보기로 했다.

급재주가 없어 책방도 닫은 채 오늘을 멈추고 지난 시간을 살펴보았다. SNS에 짧게 남겨두었던 글들을 다시 읽어 보니 짧은 글에 생략된 시간이 떠올랐다. 시골살이 7년.

집도 일도 없이 무작정 내려온 시골에서 논밭 농사도 짓고, 지은 쌀과 책을 파는 책방도 열었다. 참 많은 일이 있었고, 많은 사람이 지나갔다. 생략된 시간을 펼쳐 긴 글로 다시 옮겨본다. 지난 7년을 다 기억해내기는 어려웠지만 그래도 덕분에 돌아볼 수 있는 시간을 가질 수 있었다. 그동안의 일들을 글로 옮기면서 말끔히 정리된 일도 있고, 아직 남은 감정이 있어 시간이 더 필요한 일도 있다는 것을 새삼 깨닫게 되었다. 그 감정이 글에 고스란히 담겼을지도 모르겠다. 그런 탓인지 쓴 글을 읽어 보니 횡설수설하다.

하지만 누군가를 좋아하고 알아가는 과정이 그렇지 않을까. '함께 하는 시간과 경험으로 서로를 오해 없는 마음으로 받아들일 수 있게 되기까지의 과정에 횡설수설은 어찌 보면 당연할지도 모르겠다'라고 변명해 본다.

내가 좋아하는 시골에는 사람이 가득하다. 참 다양한 사람이 있다. 불쑥 찾아가도 따뜻한 밥상을 차려주시는 할머니들도 계시지만, 온 얼굴로 웃어도 경계심을 풀지 않으시는 할머니도 계신다. 도움이 필요할 일이 생기기도 전에 미리 챙겨 주는 이웃도 있지만, 계산을 먼저하고 도움을 줄지 말지를 정하는 이웃도 있다. 다들 한마을에서 산다. 미우나 고우나 함께 살아야 한다. 열심히 배워도 여전히 삶에는 서툴다. 생각대로 인생이 흘러가지 않고, 마음 나눈 만큼 사람들과 잘 지내지 못한 걸 보면.

그래도 나는 사람을 좋아해야 하는 세상을 믿는다. 삶이라는 글자가 사람이라는 두 글자가 합쳐진 것이지 않을까. 할머니들처럼 미움도 서러움도 고단함도 콩 털고, 깨 털듯 털어내며 살아가고 싶다. 언제나 사람들 속에 풍덩 빠지고, 불쑥 다가가기를 멈추지 않기로 한다. 그 속에서 내가 닳아지고, 말랑해지고, 단단해지길 바란다. 그러다 보면 좋은 사람도 미운 사람도 생기겠지. 미운 마음이 힘들 땐 김경순 할머니께서 알려주신 마법의 주문을 떠올려야지.

"내가 좋으면 다 좋은 거여. 못 헌 사람 없어. 넘이 못해도 내가 쪼깨 잘만 해불믄 그 사람도 좋은 사람 돼. 따로 못 헌 사람은 없제."

고마운 사람이 미운 사람이 되기도 하고 또 반대가 되기도 한다. 나도 누군가에게 그런 사람일 것이다. 이러나저러나 이웃이다. 다 한데 있으니 괜찮다는 것을 곁에서 보고 배운다. 내가 좋아하는 시골에서.

아침이 생겼다

밤을 좋아해서 아침잠이 많은 편이다. 키가 크는 것보다 더 중요한 것들이 밤에 있다고 한 신해철의 말에 백 번 동감하며 일찍 잠들지 말아야 할 이유에 대해서는 밤이 새도록 말할 수 있다. 복잡한 세상을 까맣게 지우고 오롯이 나에게 집중되는 시간. 하늘의 달과 별조차 밤의 고요함을 깰까 조용히 반짝거리기만 하는 시간. 아무것도 하지 않아도 밤은, 밤은 왜 그리도 짧은 걸까.

그렇게 간밤을 길게 써보아도 어김없이 아침은 제시간에 도착하고 만다. 나는 모자란 잠을 더 채울 수가 없어 늦잠도 없는 아침을 원망했다. 그래서 하루의 첫 감정은 늘 짜증과 억울함이었다. 아침이 미웠다. 심지어 아침은 간밤의 행복했던 나를 부정하게 했다. 일찍 잠들지 않은 후회를 하며.

하지만 시골에서는 저절로 눈이 떠졌다. 그것도 새벽에. 온몸으로 아침을 맞고 싶어 씻지도 않고 밖으로 나갔다. 먼저 눈으로 가득 담은 다음 카메라를 켠다. 서리가 내린 밭이 보인다. 배추와 무 풀들이 반짝반짝 빛이 난다. 고운 눈이 밤새 내린 계절이면 마을이 케이크 위의 장난감처럼 보인다. 풍경을 따라 계속 걷는다. 다리 건너 큰 나무까지 걷기도 하고, 강 따라 다른 마을까지 가기도 한다. 매일의 아침에는 그 시간 그곳에 서 있던 나만 발견한 것 같은 비밀스러운 행복이 있다. 어느새 나의 아침을 여는 첫 감정이 설렘으로 바뀌어 있다.

남편이 시골에 온 후로는 함께 아침 산책을 나갔다. 그저 구경하고 걷기만 하는 빈 걸음이 아까워 이것 저것을 주웠다. 밤산에서 밤나무 가지를, 은행나무밭에서 은행 나뭇가지를, 길에서 이름 모를 가지를 주워 깎아서 옷걸이로 쓰기도 하고, 마당에 앉아 우산으로 햇빛을 가려가며 온종일 숟가락과 버터칼을 깎기도 했다. 나무를 깎으면서 나무마다의 결과 색을 알게 되는 것이 즐거웠다. 나중에는 속만 보고도 무슨 나무인지 맞힐 수 있었다. 나무 깎기 하나로도 우리가 살아갈 시골의 삶을 그려보곤 했다. 우리만의 집을 구하고 마을 살이를 시작하고부터의 아침은 또 달라졌다. 이제 아침 산책은 거의 하지 않는다.

"명절을 맞이하여 내일 마을 청소가 있겠으니 주민 여러분들은 빗자루를 들고나와 주시기 바랍니다."

어제 들은 마을 방송에 알람까지 맞춰두고 일어났건만 마을 청소는 일어날 때마다 지각이다. 대충 옷을 챙겨 입고 빗자루와 호미를 들고 나간다. 우리 마을은 때마다 마을 청소를 한다. 설, 추석 일 년에 두 번. 명절에 고향으로 오는 사람들을 맞이하기 위함이다. 돌 틈 사이에 하루가 다르게 자란 풀들을 호미로 캐내어 뽑고, 길에 떨어진 나뭇잎들을 빗자루로 쓸어 담는다. 쓰레기는 어지간해서 보이지 않는다. 대충하고 들어가라는 분들도 있고, 하지 말고 들어가서 아침 챙겨 먹으라는 어르신도 있다. 청소가 끝나면 수고했다고 이장님이 우유도 나눠주신다. 한 것도 없는데 이웃 어르신들은 젊은 사람들이 있어 다행이라며 칭찬해주신다. 조금만 귀찮으면 칭찬도 듣고 우유도 얻는 아침이다.

농사가 시작된 후의 아침은 특별한 일이 없으면 농기구나 예초기를 챙겨 밭이나 논으로 나간다. 안개도 걷히기 전인 새벽 오늘은 내가 먼저라는 생각으로 논에 도착하면 저 멀리 안개 속에서 논일을 끝낸 할머니가 호미를 뒷짐에 지고 나오신다. 아직 아무도 나오지 않은 논에 혼자 서있으면 느낄 수 있는 경건한 농부의 기분이 있는데 너무 부지런한 어르신들 덕분에 느껴보기가 도무지 쉽지 않다. 아직 진짜 농부가 되지 못해서겠지.

일이나 하자 싶어 논둑을 걷는다. 밤새 벼가 안녕한지 둘러본다. 모가 잘 자리 잡았는지, 우렁이 알은 얼마나 늘었는지, 논물 높이는 괜찮은지 확인한다. 모의 포기가 늘어 초록빛이 진해질 때, 그 틈에서 분홍빛 우렁이 알이 틈틈이 보일 때, 논둑 사이로 걸을 때 메뚜기와 여치들이 날아오를 때 논이 얼마나 신비롭게 느껴지는지. 모가 벼로 크기까지 논은 다양한 풍경을 보여준다. 그 풍경만 봐도 배가 부르다. 알알이 나락에 쌀이 맺히면 논 특유의 위엄이 있다. 그 위엄 아래서 허리를 숙이고 오늘 할 일을 한다.

풀을 깎거나 피를 뽑다 보면 지나가던 이웃 트럭이 빵빵 경적을 울린다. 반갑다며 손을 흔들기도 하고 우리 논까지 와준 이웃은 논물이 적당한지 봐주기도 하면서 짧은 대화를 나눈다. 제법 농부가 된 것처럼 느껴진다. 이른 아침에 각자 열심히 일하다가 만나 인사하는 순간이 너무 좋다. 멀리서 내가 있는 풍경을 영상으로 찍고 싶다는 생각도 한다. 여전히 마음이 콩밭에 있어 농사에 집중 못 하는 농부이다.

어쩌다 친구가 놀러 오면 함께 아침을 보내기도 한다. 불면증이 있는 친구에게 불면증에는 감자심기가 최고라고 알려주었더니 겁 없이 아침 밭을 따라나선다. 한 상자만 심으면 된다고 했으나 사실 씨눈을 가르면 양은 두 배로 늘어난다는 것은 비밀로 했다. 내가 밭이랑에 호미로 구멍을 내면, 친구가 씨감자 하나씩 넣고, 남편이 흙을 덮었다. 밭이 넓어 감자가 좀처럼 줄지를 않자 친구는 슬슬 지쳐가기 시작했다.

지금 포기하면 평생 불면증을 달고 살아야 한다고 겁을 주었다. 그동안 잠을 못 자서 얼마나 고생을 했는지 밭에서의 고생을 사서 해서라도 불면증을 고치고 싶었던 친구는 감자심기를 포기하지 않았다. 불면증 덕분에 감자를 무사히 심게 될 줄은 몰랐지만, 그날 밤 친구는 누구보다 깊은 잠을 잤다. 다음 날 아침은 모두에게 만족스러웠다.

이제 우리는 카메라 대신 농기구를 챙기고, 나뭇가지로 숟가락을 깎는 대신 목공기계로 필요한 가구를 만든다. 이곳에서의 특별했던 아침들이 무사히 평범한 일상이 되어준 것이 얼마나 고맙고 다행인지 모른다. 비록 아침이 주는 설렘에는 둔해졌지만, 계절의 흐름에 맞춰 매일의 아침에 해야 할 일을 묵묵히 해내며 일상을 시작하는 이웃들의 아침과 우리의 아침이 점점 닮아 간다는 것에 뿌듯함을 느낀다. 제법 촌스러워졌다.

다음은 어디서 살아볼까?

계획대로였다면 오늘 아침도 발코니에 나가 공들여 꾸민 마당을 흐뭇해하며 기지개를 켜고, 방금 내린 커피 한잔을 손에 들고, 잠옷을 입은 채로 집 뒤로 이어진 산책길을 걷고 있을 것이다. 산책길 중간에 잠시 서서 보는 풍경은 나지막이 이어진 초록 논들 사이로 빨강 파랑 지붕의 집들이 두서너 채가 보이는 곳. 그곳은 주말마다 우리가 찾아다니며 일주일, 한 달, 일 년을 살아본 시골 중에 남편과 내 마음에 가장 쏙 들어 고른 곳으로, 무엇보다 마을과 떨어진 한적한 위치와 집과 이어진 산이 매력적인 바로 그곳에 직접 지은 우리 집일 것이다.

지금의 나는 계획과는 다르게, 풍경에 반해 선택한 지역이 아닌 곳에서, 마을 한 중앙에 있는 빈집을 겨우 운 좋게 빌려 살고 있다. 시골로 이사 온 지 7년째. 살고 싶었던 모양이 아니라 돌려줄 때 탈이 없을 정도의 모양을 유지하며 여전히 남의 집에 살고 있다. 이 집 다음에는 우리가 꿈꾸던 곳에서 살 수 있을까.

삶은 계획대로 살아지지 않는다지만 이렇게 흘러올지는 몰랐다. 이렇게 오래도록 내 집을 갖지 못할 거라는 생각을 못 했지만, 다른 것들로 삶을 잘 채워가며 살아가고 있다. 누구나 지금 사는 곳에서 살게 된 사정이 있을 것이다. 나의 엄마 아빠처럼 시골이 싫어서 도시로 온 사람도 있겠고, 친구처럼 해외 지사로 발령이 나서 기약 없이 떠나게 된 사람이 있는가 하면, 내 소꿉친구처럼 살면서 한 번도 고향을 떠나지 않은 사람도 있을 것이다. 학교를 따라 직장을 따라 혹은 결혼으로, 돌봐야 하는 가족의 사정으로, 새롭게 살 곳을 정하게 된다. 한 곳에서 오래 살든, 여러 곳을 옮겨 살든 더 좋은 쪽이 어디 따로 있을까. 애정을 들여 그때, 그곳에서 내 삶을 살아가는 것이 중요하겠거니 여기며 살고 있다.

태어나고 자란 곳에서 학교를 마쳤고, 일을 따라 서울로 갔고, 일에 지쳐 이 나라를 떠나보기도 했다. 고향 대구가 싫지도 않았고, 특별히 서울을 꿈으로 여기고 산 것도 아니었다. 그저 하고 싶은 것들을 따라간 곳이 내가 살아갈 곳이 되었다. 시골은 나의 하고 싶은 마지막이었다. 도시에서만 살았고, 강남 한복판에서 직장을 다니던 나의 다음이 왜 시골이 된 것인지 주변 모두가 의아해했다.

시골에 살아 본 적은 없지만, 다행히도 나는 친가와 외가가 시골에 있어서 요즘 아이들에게는 없다는 시골 할머니집이 나에게는 있었다. 방학이나, 부모님에게 사정이 생겼을 때 오빠와 나는 할머니 댁에서 지내곤 했다. 할머니의 시골집 덕분에 오빠와 나는 시골에 대한 아름다운 추억을 가질 수 있었다.

시골은 놀이터나, 장난감이 따로 없으니 주변이 온통 놀거리였다. 소나무 숲에서 나무를 타고, 겨울에는 묘를 언덕 삼아 눈썰매를 타고, 여름에는 고무 튜브를 들고 한참을 걸어서 도착한 강에서 실컷 물놀이를 하곤 했다. 손가락이 쪼글쪼글해지도록 몇 시간을 놀다가 배가 고파져야 겨우 집으로 돌아왔다. 흠뻑 젖은 몸을 노을빛에 말리며 오빠들 둘과 나란히 걷던 풍경의 기억은 아직도 선명하다.

놀거리만 재미있던 것이 아니었다. 시골에서는 일거리마저 즐거웠다. 외갓집은 마당에 감나무가 많았다. 긴 대나무를 높은 감나무 가지에 끼워 돌려 꺾어 감을 따는 방법은 외삼촌에게 배웠다. 난생처음 감을 땄을 때의 기분은 아직도 생생하게 남아있다. 할머니 할아버지가 쏟아주는 칭찬에, 감 한 알에 대단히도 한 손 거드는 기분에 우쭐했던 순간은 외갓집 처마에 길게 널어 곶감을 만들던 풍경과 함께 어린 나의 한 시절을 아름답게 기억하게 했다.

나는 밥을 잘 안 먹던 아이였는데 시골에서는 온몸으로 뛰어논 덕분에 밥이 꿀맛이었다. 군것질할 슈퍼가 없으니 밥을 밥으로, 간식도 밥으로 먹었다. 엄마는 할머니 댁에서 내가 방학만 지내고 오면 살이 쪄와서 좋아했다. 그러고 보면 시골에 대한 추억은 온통 좋은 것만 남아 있다. 자연 속에서 뛰어논 기억은 평생 남는다던데 삼십 년이 지난 지금도 간직하고 있으니 맞는 말인 것 같다.

'간직하다.' 생각이나 기억을 마음속에 깊이 새겨두다. 바쁘게 살 때는 몰랐다. 이만큼 살아오는 동안 그때의 기억을 여전히 따뜻하게 간직하고 있었다는 것을. 어쩌면 농촌이 좋은 것도, 농사를 지어보고 싶은 마음이 들게 된 것도 그 때문인지도 모르겠다. 결국, 시골의 기억이 나를 움직인 것이라 생각한다.

시골이 한 시절의 기억이 아니라 일상으로 살고 싶었다. 무언가를 좋아하면 가끔 보는 특별함보다 매일 함께하고 싶은 마음이 더 커지니까. 원하던 곳도 아니었고, 내 집은 여전히 없지만, 풍경과 집 대신 나는 이웃을 얻었다. 그들 덕에 아직 이곳을 떠나지 않고 살고 있다고 감사하며 살고 있다.

나는 시골로 이사를 왔지만, 시골이 고향이라 다시 돌아온 사람들도 많다. 서울에서 근무했던 마을 경찰 아저씨는 고향 파출소에 부러 자리를 신청해서 어렵게 돌아왔고, 사진관을 하던 나랑 동갑 친구는 다시 돌아와 아버지와 함께 농사와 소를 키우는 일을 배우고 있고, 형제 대신 연로하신 부모님을 돌보기 위해 온 이장님은 마을 살림까지 돌보고 있고, 퇴직 후 내려온 시골에서 평생 로망이었던 스포츠카를 사 신나게 노후를 보내는 어르신도 있다.

다들 한때 고향을 떠나기 위해 살다가 다시 돌아왔다. 그들이 떠날 때의 고향은 작았겠지만, 돌아온 고향은 큰 품이 되어 그들을 맞이했다. 고향은 그들이 타지에서 힘을 낼 때도 힘이 들 때도 그들을 단단히 지켜주고 있었을 것이다. 애쓰며 살았던 만큼 지금은 편안하고 든든한 품에서 신나게 사는 그들의 고향에 나도 슬쩍 끼어들어 살고 있다.

어른이 되어서 다시 모인 사람들과 이곳에서 우리는 또 어떤 기억을 만들며 살게 될까. 여전히 살고 싶은 시골은 너무 많은데 나는 무사히 이곳에서 정착할 수 있을지. 어디에서 살든 그곳을 사랑하며 살아야지.

심심한 걱정

"밥도 묵고, 술도 묵고, 커피도 마셨는디, 아직도 이 시간이여. 아따 심심해 죽겄네."

이웃 형님은 열심히 일했으니 이제 좀 쉬라고 겨울이 내어 주는 시간을 어쩔 줄 몰라 하며 몸부림을 쳤다. 다 큰 어른의 심심한 몸부림을 보고 있으니 놀아달라며 온 방을 뒹굴던 조카와 어째 다르지 않아 보인다. 나도 그 심심함이 두려웠던 적이 있었다.

시골로 내려가기를 결정하고 나의 가장 큰 고민은 집도, 밥벌이도 아니었다. 심심함. 오로지 그것만이 나의 두려움이었다. 평생 도시에서만 살다 시골로 이사를 하는 사람치고는 고민이 다소 태평스러워 보일지도 모르겠다.

물론 거기엔 큰일을 벌릴 때만 대담해지는 내 성격도 한몫했겠지만, 사실 살아보지 않은 환경에서의 삶을 미리 계획한다는 것은 불가능하다는 것이 평소 생각이었던 터라 내가 살 곳이 어떤 곳인지, 어떤 마을에서 살고 싶은지, 어떤 집이 구하고 싶은지는 살아보며 자연스레 찾아가야 하는 것이라 여겼기 때문에 다른 고민이 딱히 필요할 시기가 아니었다. 대담하게도 나는, 잠시 거주할 곳만 찾아두고 아무것도 알아보지도 계획하지도 않은 채 시골에서 살아보기로 했다.

내가 걱정하는 것은 오직 앞으로 나에게 남아돌 시간뿐이었다. 행복한 고민 같지만, 생각보다 어려웠다. 서울에서 직장을 다니며 휴일도 없이, 퇴근도 없이, 먹고 자는 시간까지 빠듯하게 살던 나란 사람에게 시간이 넘쳐난다면 그 시간에 질리지 않을 수 있을까. 친구도 없고, 딱히 할 일을 정하지도 않고서 나는 과연 무엇을 하며 하루를 보내게 될까.

컴퓨터와 휴대전화기가 때워 줄 수 있는 시간이란 그리 길지 않을 테고, 멍하니 자연을 즐기는 것도 몇 달이나 갈까. 차라리 여행이라면 여행 내내 멍하게만 있어도 즐거울 것 같았다. 책상에만 묶여있던 손발을 풀어준다면 자유를 즐길 줄이나 알까. 그러다 어느 날 심심함에 질리는 날이 온다면, 서울이 그리워져 버릴지도 모를 일이었다.

시골로 내려오기 전, 시간을 잘 보내려는 방법이기도 하고, 시골 살림에 도움도 될 것 같은 몇 가지 기술들을 배워두었다. 처음 배운 것은 손바느질. 마당에 앉아 멋스럽게 펼쳐진 풍경을 바라보며 한 땀 한 땀 옷을 짓는 내 모습을 상상하니 그런 모습이라면 시간 따위는 챙겨보고 살지 않을 사람이 될 수 있을 것 같았다.

손바느질로 옷을 만드는 수업을 등록했지만 겨울 조끼

한 벌을 완성하고는 힘들어서 바로 재봉틀을 샀다. 재봉틀은 가격이 꽤 비싸서 따로 배우지 않고 독학을 했다. 독학이라고 해봐야 겨우 실을 끼우고 기계를 돌리는 정도. 그래서 재봉틀로는 직선박기만 할 줄 안다. 직선박기 하나로 가방도 만들고, 때마침 친구의 아이가 태어났을 때라 아기 이불, 패드, 신발도 만들어 선물하기도 했다. 이불, 커튼, 행주 같은 살림에 필요한 것들을 만들기에 이 정도면 충분하겠다 싶어 재봉틀을 넣어두고 이번엔 뜨개질을 시작했다.

입으면 뚱뚱해 보여 입지 않는 스웨터를 풀었다. 겉뜨기와 안뜨기만으로 제법 그럴싸한 담요를 만들고 나니 자신감이 생겼다. 마침 친구가 동네에 있는 뜨개질 카페를 알려주었다. 실만 사면 다양한 뜨개법을 배울 수 있는 곳이었다. 회사를 관두고 매일 뜨개질 카페에서 주인 언니와 점심도 함께 먹으며 밤까지 뜨개질을 했다. 카페에 가지 않는 날에는 집에서 뜨개질을 했다. TV를 보면서도 노는 손이 어색해서 바늘을 손에서 놓지 않았다. 한번 잡기 시작하면 끝까지 떠서 완성해야만 손을 놓을 수 있었다. 아침에 뜨기 시작하면 순식간에 저녁이 되었다.

그 외에도 도자기 공방에서 그릇도 만들고, 가죽 공방에서 지갑이나 파우치를 만들고, 목공방에서 책상도 만들며 공구 다루는 법을 배웠다. 손에 무엇을 잡기만 하면 시간이 휙휙 지나갔다. 배우느라, 만드느라 퇴직금을 많이 쓰긴 했지만, 시간을 꽤 생산적으로 쓸 수 있게 된 것 같아 조금 안심이 되었다. 그러고 보니 참 많이도 배웠다. 여유롭게 지내고 싶어서 열심히 무언가를 배우는 것이 아이러니하지만.

 걱정과는 달리 막상 살아보니 시골 생활은 심심할 틈이 없었다. 오히려 너무 흥미진진하다고나 할까. 출근 거리가 30분만 가깝기를, 1시간 편히 점심을 먹을 수 있기를, 잠시 눈이라도 붙일 수 있는 딱 5분만 더 있기를 바랐다. 분 단위로 시간을 세며 살아왔는데 시골의 삶은 그렇지 않았다. 시간은 없고 계절이 있었다. 시간을 셀 틈도 없이 철이 돌아왔고, 철마다 먹어야 할 것, 해야 할 것들이 있었다. 제철 채소를 먹기 위해 작물을 심고 거두기에 바빴다.

 냉이를 시작으로 봄을 먹다 보면 여름이 와서 과일과 옥수수를 먹고 주변에 감과 밤이 많아진다 싶으면 가을이었다. 그러다 보면 어느새 겨울이 왔고, 쉴 수 있는 계절에 즐거웠다. 시간을 살지 않으니 큼지막하게 사는 느낌이 들었다. 계절을 사는 밭이 많으니 심심할 겨를이 없었다.

 같은 계절을 살다 보니 점점 이웃들 속으로 들어가게

되었다. 마을 회의도 참여하고, 마을 나들이도 가고, 각종 체육대회에서 대표 선수로(종목은 훌라후프) 참여하기도 하면서 마을 사람으로 살았다. 처음 살아보는 환경이었다. 세상이 작아지고, 가까워진 것 같았다. 사람들의 평범한 일상 하나하나가 나에게는 너무 신선했다. 모든 것이 배울 거리에, 재밋거리에, 기록거리였다. 역시나 계획은 통하지 않고 직접 살아가야 알 것들이었다. 나는 시간이 아니라 삶을 살고 있었다.

멀리서 책방을 찾아오는 손님 중에 시골에서의 삶을 계획하거나 고민을 하시는 분들이 있다. 그러면 나는 일단 살아보라고, 그러기 전까지는 아무것도 알 수 없다고 말해준다. 내가 겪은 삶은 그저 내 삶일 뿐이고, 누구에게나 다른 삶이 펼쳐질 것이라 덧붙이면서. 트렁크 하나 끌고 내려와 책방까지 열게 되기까지 어디 하나 내가 도시에서 했던 계획이 하나라도 있었던가. 정말 살다가도 모를 일이다. 아니, 살아보면 달라질 일이었다.

시골의 맛

맥주 한 모금을 마시고 뻐끔뻐끔 허공의 공기를 마신다. 아, 맛있다. 이보다 더 좋은 안주가 또 있을까. 싱싱한 안주 덕에 술에 취하지 않는다. 시골이니 공기쯤이야 당연히 좋을 거라 예상했지만 설마 맛이 들어있을 줄은 몰랐다. 요리되지 않은 싱싱한 채소 그대로를 먹는 느낌이다. 아마 공기에 섞인 것들이 적어서 그렇겠지. 공기의 내용도 물론 다르겠지만 경험상 도시 출근길의 아침 공기는 아무리 내용이 좋아도 맛있기는 어려울 것 같다.

가장 좋아하는 공기가 따로 있다. 아침 공기는 촉촉하고 순수하다. 책방 쉬는 날이면 아침 공기를 마시기 위해 빵과 커피를 들고 뒷마당으로 간다. 얼굴에 닿는 공기가 상쾌해서 머릿속이 깨끗해지는 기분을 느낀다. 흐읍, 길게 공기를 들이마신다. 몸속 깊숙이 오늘의 싱싱함이 닿는다. 화려한 커피 향에도 가려지지 않는 아침의 맛이다. 참고로 겨울 아침 공기가 가장 맛이 좋다.

허공의 공기도 맛이 좋지만, 채소나 과일에 머금은 공기야말로 계절의 맛을 제대로 전해준다. 지난겨울에는 심어 거둔 무로 무김치를 담그고 남은 무로 동치미를 담갔다. 항아리에 담아 땅에 묻어 두었다. 맛이 들었을 즈음 꺼내어 맛본 동치미는 이제껏 먹어 본 동치미는 다 가짜라는 생각이 들게 했다. 처음 담근 동치미가 이렇게 맛있을 수가 있을까. 물도 생수를 썼으니 동치미 성공의 비밀은 바로 겨울 공기의 맛이었다.

아삭 씹히는 무와 차가운 동치미 국물에 겨울이 담겨있었다. 그 맛을 먹어보고서야 비로소 냉장고의 냉기와 겨울의 한기의 차이를 깨닫게 되었다. 동치미 하나로 밥 두 그릇을 비웠다. 그 후로도 동치미는 매일 밥상에 올랐다. 입이 심심할 땐 동치미 채를 썰고 국물에 국수 면을 말아 먹기도 했다. 실패할 수도 있어서 시험 삼아 담갔던 동치미는 금방 동이 났다. 다음 해에는 배추보다 무를 더 많이 심으리.

맛있는 공기에서 자란 열매는 또 얼마나 맛있는지. 책방 옆 식당의 점심 장사가 끝나자마자 어서 나가자며 언니를 조른다. 살구꽃이 필 때부터 날을 세고 있었다. 여기저기서 매실 수확이 시작되면 마음이 급해진다. 그때쯤이면 살구도 익기 때문이다. 언니네 밭에 오래된 살구나무 한 그루가 있다. 언니네 소유의 나무이긴 하지만 누구든 살구를 딸 수 있게 두어서 먼저 따는 사람이 그해 살구의 임자가 된다.

온통 매실나무만 지천인 지역이다 보니 살구나무는 귀

하다. 작년 살구를 놓쳐서 올해는 가장 먼저 따고 싶었다. 마을 입구에 들자 저 멀리 드문드문 주황빛이 보인다. 앗싸. 내가 먼저다! 후다닥 차에서 내려 나무 앞으로 올라간다. 한 손에 살구를 쥐고 '탁' 따서 두 손으로 '사악' 반을 갈라 언니 입에 하나 내 입에 하나 넣는다. 새콤달콤한 여름 맛이 입안 가득 씹힌다. 긴 가지를 당겨 한 개씩 두 개씩 살구를 땄다. 손이 닿는 곳에 살구가 줄어갈수록 높게 달린 살구만 보였다.

나도 모르게 나무를 타고 올라갔더니 앞집 어머니가 대나무 장대를 주셨다. 다시 나무에 내려와 나뭇가지를 탁탁 때렸더니 후드득 살구가 떨어진다. 동글동글 살구가 마을 아래까지 굴러갔다. 욕심이 준 교훈으로 여기고 살구를 몽땅 따지 않고 남겨두었다. 나처럼 살구를 기다린 사람이 있으면 서운할 테니. 직접 따서 먹는 계절의 맛을 어떤 맛에 비할 수 있을까. 한 해를 기다렸으니 무조건 맛있지.

한 번씩 도시 친구들이 놀러 온다. 나도 그랬듯 도시의 아파트 '안'에서만 사는 친구들은 늘 '밖'으로 나가고 싶어 한다. 아파트에 사는 친구는 발코니에 테이블과 의자를 펼쳐두고 맛있는 요리를 해 먹으며 캠핑 기분을 낸단다. 주말이면 집에서 조용히 쉬기보다 열심히 짐을 챙겨 여행을 가거나 캠핑하러 다닌다. 쉬는 것조차 열심히 해야 할까 싶지만, 노는 데에 쓰는 열심은 눈앞에서 바로 즐거움과 뿌듯함을 느낄 수 있으니 안 할수록 손해다.

남편과 내가 시골에 살게 되면서 우리가 사는 집이 친구들에게 여행지가 되었다. 친구들이 도착하기 전, 남편과 나는 마당에 불을 피워둔다. 장작불은 우리 집을 방문하는 친구들을 위한 웰컴 이벤트이다. 도착한 친구들은 자연스레 불 옆으로 둘러앉는다. 그러면 나는 맥주 한 캔을 건넨다. 감격해 하는 친구들을 보며 시골에서 사는 보람을 느낀다. 마당을 가진 것만으로 여러 사람이 즐거울 수 있다는 것이 새삼스럽게 좋았다.

불만 준비해두면 나머지는 친구들이 다한다. 양손 가득 챙겨 온 가방을 열어 하나씩 불에 올리기 시작한다. 불길이 줄어든 나무를 한쪽으로 모으고 불판을 올리고 고기를 굽는다. 촤아, 불에 달궈진 불판은 소리만으로도 입맛을 다시게 한다. 익은 면을 뒤집자 다시 맥주를 들고 고기가 얼른 굽히기를 기다린다. 맥주 한 모금을 마시고 고기 한 점을 씹는다. 장작을 넣으면서 맡았던 나무향이 씹을 때마다 입속에 퍼진다. 고기, 채소 가릴 것 없이 구우면 다 맛있다. 가스향 남는 가스레인지 말고 나무를 땐 장작불이라야 한다. 장작불이라면 굽지 않고 냄비에 끓여도 맛있다. 마당에 있는 큰 돌을 모아 쌓아 솥을 걸고 몇 시간을 끓인 닭백숙은 가스 불에서 우러난 것과는 다른 맛이 난다. 장작불에 냇가에서 주운 짱돌로 된장국을 끓인 자연인 아저씨를 이해할 수 있을 것도 같다. 육해공의 재료를 다 굽고 나면 빈 불을 땐다. 불멍 시간이다. 장작을 잘게 잘라 불이 사그라지면 한 개씩 넣는다. 어른이나 아이 할 것 없이 조용히 불을 바라본다. 그렇게 각자에게 따뜻하고 맛있는 불의 기억을 남긴다. 밤이나, 고구마를 넣으면 숯의 시간으로 넘어간다.

화려한 볼거리가 아니더라도 시골에는 행복함을 느낄 수 있는 소소한 즐거움들이 가득하다. 상쾌한 공기를 맡으며 계절을 체감하고, 작은 마당을 즐기는 것은 어찌 보면 삶에 당연한 것들이다. 작고 당연한 것들이 점점 귀해지는 세상이다.

마을을 걷는 법

산책이란 단어에 담긴 분위기가 있다. 밤, 가을, 골목길 같은 말과 함께 쓰면 낭만적이기도 하고 새벽, 매일, 공원 같은 말이 붙으면 건강함이 느껴지기도 한다. 낭만적인 산책은 내면을 들여다보며 사색하게 되기도 하고, 건강한 산책은 생기와 에너지를 만들어준다. 길은 어디든 있고, 어디를 어떻게 걸을 지는 스스로 선택해야 한다. 놓인 길을 두 발로 디디며 걷겠다는 것만으로도 삶에 적극적이란 뜻이 된다.

남편과 나는 출근할 곳이 없이 빈둥대던 시절에 종종 아침 산책을 하곤 했다. 세수도 하지 않은 채 대충 옷만 갈아입고 집을 나서면 오늘은 이쪽으로 걸을까, 저쪽으로 걸을까. 현관에서 가벼운 고민을 나누었다. 어떤 쪽이든 좋을 고민을 하는 것이 좋았다.

강둑을 따라 걷기도 하고 다리를 건너 산속까지 가보기도 했다. 한창 둘 다 나무 숟가락 깎는데 열중일 때여서 어쩌다 적당한 나뭇가지라도 줍는 날에는 하루의 일과를 건지게 되어 신이 났다. 나뭇가지를 주울 땐 즐거웠지만 쓰레기를 발견할 땐 산책하는 기분이 썩 좋지 않았다. 남편과 나는 맨 걸음도 아까우니 이왕 걷는 김에 다음 산책부터는 쓰레기를 주우며 걷기로 했다.

쓰레기봉투와 집게. 아침 산책길에 준비물이 생겼다. 손이 불편해질까봐 망태기라도 하나 만들까 잠깐 고민하기도 했다. 명목이 산책이라 그런 것도 있겠지만, 생각보다 쓰레기를 줍는 일은 지루하지 않았다. 떡실신, 10분 내로, 총 맞은 것처럼 같은 이름의 농약봉지를 볼 때면 끔찍했지만 스타벅스 일회용 컵을 발견했을 땐 이런 시골에 나타난 도시 것에 깜짝 놀라기도 하고(이곳에는 당연히 스타벅스가 없다) 동전을 줍거나, 소주병을 줍기도 해서 쓰레기가 돈이 되기도 했다.

그러던 어느 날 도로 한 중앙에 버려진 로또 뭉텅이를 발견했다. 방금 떨어진 것 같은 따뜻한 쓰레기 앞에 서서 잠시였지만 남편과 나는 별 상상을 다했다. 설마? 혹시? 하늘에서 떨어진 선물은…… 아니겠지. 아닐거야. 아닐 것이라 확신하면서도 로또 쓰레기는 따로 주머니에 챙겼다.

로또는 당연히 모조리 꽝이었지만 돈을 벌며 쓰레기를 주운 적도 있다. 동계면(순창군) 전체를 다니며 쓰레기를 줍는 아르바이트였다. 면사무소에서 친구들을 모아 함께 해보면 어떻겠냐고 했을 때 이곳에 살면서 30개 마을 전체를 언제 또 걸어볼 일이 있을까 싶어 덜컥 한다고 했다.

네 명의 친구들과 동계면 지도를 펼쳐두고 구간을 나눴

다. 두 명이 한 팀이 되어 바통을 잇듯 마을을 잇는 도로의 걸었다. 짧은 산책길이 아니다 보니 이번에는 준비물이 몇 가지 더 필요했다. 마실 물과 비옷, 바퀴가 달린 장바구니를 추가로 챙겼다. 산책하듯 평지를 걷고, 고행하듯 오르막을 걷고 나면, 어김없이 나타나준 내리막이 우리를 구원해 주었다.

인도가 따로 없는 시골 도로는 생각보다 무서웠다. 규정 속도를 지키지 않고 쌩쌩 달리는 차들이 잠깐 사이에 우리를 덮칠 것만 같았다. 덤프트럭이라도 지나갈 땐 가던 길을 멈추고 가드레일에 딱 붙어 멈췄다가 다시 걷곤 했다. 물론 모든 차가 위협적이지만은 않았다. 쓰레기를 줍는 우리를 보고 차를 세워 애쓴다, 고맙다 다정하게 인사를 건네는 사람도 많았고, 물이나 간식거리를 다정하게 건네준 사람들도 있었다.

산속 길을 걸을 땐 길가에 있던 집에서 친구들을 불러 잠시 쉬어가도록 배려해주신 분도 있다. 우리가 좋은 일을 하는 것처럼 보였나 싶었다. 그저 돈도 받고 길을 걸어 볼 요량이었는데 착한 애들이라고 온 마을에 소문이 났다. 그럴 의도는 없었지만 돈 받고 하는 일이 착한 의도로 포장되는 것이 불편해서 굳이 아르바이트라고 사람들에게 설명

했지만 소용없었다.

3일 동안 쓰레기를 주웠다. 계절이 여름이라 쓰레기를 줍기에 수월한 날씨는 아니었다. 이틀은 비바람이 심했고, 마지막 날은 뜨거운 햇빛에 아스콘 도로가 절절 끓었다. 다행히 산 속 길에 이어진 마을길을 마지막 코스로 짰었다. 시원한 나무 그늘을 지나 고개를 넘어 다시 포장길을 걷다보니 어느새 섬진강에 도착해 있었다. 땀에 흠뻑 젖어 걷던 길 저편에 강이 보이자 흥분한 우리는 쓰레기봉투와 장바구니, 집게만 내던지고 입은 옷 그대로 강물로 뛰어들었다. 수영을 할 줄 몰라서 하마터면 죽을 뻔 했지만 그것마저도 좋았다.

일이 끝난 뒤로도 얼마간 쓰레기를 주웠던 일로 길을 가다 만난 분들에게 인사를 받았다. 그러면서 사람들은 내가 어느 마을에서 살고 있는지, 어떻게 동계면에 살게 되었는지 물어보았다. 경계하지 않는 다정한 눈빛으로. 그때 어렴풋하게 어떻게 외지인이 아니라 마을사람으로 살게 되는지 느꼈던 것 같다. 우리가 한 일이 돈만으로는 할 수 없는 일이라고 했다. 비록 착한 사람이고 싶은 의도는 없었지만 두 발로 동계면을 걷고 싶어 했던 것은 분명 마을에 대한 애정이었고, 사람들에게 건네는 말이었다. 마을 사람들은 그걸 알아봐준 것이 아닐까. 그들에게 우리는 비를 맞아가며 햇빛에 익어가며 자신들의 마을을 청소해준 사람이었다. 물과 간식과 배려를 포함해 착하다 해준 것은 고맙다는 말이었다.

서울에서도 남편과 나는 산책을 자주 했다. 일이 끝난 후 밤 동네를 걷거나 주말에는 예쁜 동네를 찾아가 걷기도 했다. 하지만 쓰레기를 주우며 걸은 적은 없었다. 사진을 찍거나 카페에서 차 한 잔을 하는 정도의 일방적인 산책이었다.

요즘 도시에서는 조깅을 하며 쓰레기를 줍는 '플로깅'이 유행인가 보다. 우리말로는 '쓰담달리기'라고 부른다고 한다. 내가 좋아하는 곳을 쓰다듬으며 달린다는 뜻은 장소와 감정을 나누는 느낌이라 없던 애정도 생길 것만 같다. 다음에는 운동도 할 겸 걷지 말고 달려봐야겠다. 집으로 돌아 올 때까지 달릴 수 있도록 쓰레기를 자주 만나지 않기를 바라며.

심고 싶은 마음

아직 겨울이 한창인데, 할머니들 대화 속에서 고추 모종 얘기가 들린다.

"고추 모종을 벌써 준비해요?"

"하아(그럼), 지금 해야지."

그러고 보니 모종을 5월에 심으니 씨앗으로 모종을 내려면 이때쯤 시작 해야겠구나 하고 깨닫는다. 마당 밭을 보며 올해는 뭘 심어 볼까 생각한다. 농작물로 돈을 벌지 않는(실은 못 하는) 농부의 여유다. 새로운 것은, 의외로 밭 아닌 생활 속에서 문득문득 찾아지곤 한다. 올리브 절임을 먹다가 입에 맞으면 내가 있는 지역에서도 올리브 나무를 키울 수 있는 환경이 되는지 검색하기도 하고, 부럼을 깨 먹다가 마당에 호두나무 한 그루만 있으면 좋겠다는 생각에 호두나무 묘목을 파는 마을 분을 찾기도 하고, 길을 가다 예쁜 들꽃을 보면 씨앗 꼬투리를 몇 개 뜯어 마당에 심고 다음 해에 꽃을 보기도 하고, 흔하지 않은 유럽 상추를 발견하면 종이컵에 심어 꽃처럼 책방에 두기도 했다.

상추랑 토마토 몇 번 키워 보고는 뭐든 쑥쑥 키워내는 손재주꾼 농부나 된 듯 새로운 작물에 대한 시도에 겁이 없다. 그래도 제법 농부 흉내는 냈다. 삼 년을 키워야 겨우 먹을 만큼의 두께로 자라는 아스파라거스도 씨앗부터 심었고, 고수는 이제 심지 않아도 밭에서 저절로 자란다.

대부분의 도전은 실패하지만 쉽게 키울 수 있던 작물들 덕에, 흙부터 사지 않아도 되는 땅을 곁에 두고 사는 덕에, 맛있는 것이 있으면, 예쁜 것을 보면 이제는 사지 않고 키워 보고 싶다는 생각이 먼저 든다. 세상에는 아직 심어보고 싶은 식물들이 많아서 매 계절이 기대된다. 전업 농부에게는 한심스럽게 들릴지도 모르겠다.

"농사의 새로운 발상은 당장 돈을 벌지 않아도 되는 텃밭에서 비롯된다"는《문명을 지키는 마지막 성벽 위에서》진록스턴의 말처럼 심고 싶은 마음만으로 즐겁게 시작한 농사가 농촌의 한 풍경을 만들게 될지 누가 알겠는가. 일단 뭐든 심어봐야지.

화분이나, 밭에 무엇을 심어야 할지 막막할 땐 밭 이름을 정해본다. 이웃들이 어느 밭에 무엇을 심었는지 둘러보니 다들 집 가까운 곳에는 자주 먹는 것들을 심고, 오래 키워두고 한꺼번에 먹는 것들은 먼 밭에 심어두었다. 딱히 새로운 작물은 없고, 일하기 편하도록 동선을 고려한 작물이었다. 동선을 고려할 것도 없이 내가 가진 밭은 딱 하나이다. 작물도, 밭 이름도 그냥 짓고 싶은 대로 짓고 새로운 것도 심어보기로 했다.

밭의 이름은 '술안주 밭'이었다. 사실 모든 채소가 술안주가 될 수 있지만, 괜히 이름을 정해두는 것만으로도 농사에 즐거운 기분이 더해진다. 나의 술안주 밭에는 땅콩과 에다마메(덜 익은 콩을 껍질째 딴 것)로 유명한 풋콩, 셀러리와 두릅나무 묘목을 심었다. 데친 두릅으로 봄술을 마시고, 더위로 지친 여름을 상큼한 셀러리로 가볍게 여름의 한 잔을 즐기고, 가을에 거둔 풋콩과 땅콩을 쟁여두고 긴 겨울을 즐기려 했던 원대한 계획으로 고른 작물이었다.

하지만 얇디얇은 두릅 묘목은 첫해에는 수확이 어려웠고, 땅콩은 알이 들라치면 사라지기를 거듭해서 이상하다 싶었는데 어느 날 두더지 손자국을 발견했다. 꼭 사람 손처럼 두 손으로 흙을 긁은 흔적이었다. 아무래도 땅콩은 그 녀석의 술안주 된 것 같았다. 일본 맥줏집에서 먹던 에다마메를 그리며 도전했던 풋콩은 뭐가 문제였는지 너무 맛이 없었고, 셀러리는 너무 질겨 장아찌로 만들어 먹어야 했다.

술안주 밭의 수확은 망했지만 이름을 정한 덕분에 겁 없이 뭐든 심어보게 되는 배짱이 생겼고, 수확물은 없었지만, 시간과 이야기를 거뒀다. 심지어 두더지와 안주를 나누기도 하지 않았는가. 밭에서 거둔 이야기들은 평생의 안

줏거리였다.

농촌에서는 다들 농부가 직업이라 팔기 위한 작물을 키우는 것이 대부분이지만 그러면서도 다들 먹기 위해서만 따로 심는 작물들이 있다. 너른 밭에는 일이 되는 작물을 심고, 작은 틈 밭에는 재미가 되는 작물을 심는다. 지역마다 주 작물이 다르기에 어쩌다 다른 지역의 시골로 여행을 갔을 때 그 차이를 보는 재미가 있다.

예를 들면 이곳 순창에는 콩과 고추를 넓은 밭에 심고 옥수수는 간식거리로 밭 테두리에 조금 심는데 강원도에 갔더니 너른 밭이 다 옥수수 차지였다. 넓은 밭을 차지하며 호강하는 옥수수를 보며 강원도의 틈 밭을 궁금해하기도 했다. 틈 밭을 제대로 활용하는 방법은 삼순 어머니에게 배웠다. 어머니는 여름 간식으로 매년 수박과 참외를 심어두는 곳이 따로 있는데 위치가 너무 기발했다.

"꼬치(고추) 따러 가면 물 먹고 싶잖아. 그래서 나는 밭 옆에 수박이랑 참외를 심어놔. 꼬치 따다가 깨 묵으면(먹으면) 진짜 맛있어. 크게 키울 필요도 없어. 깨 먹기 불편하기만 하고. 쩨깐하게(작게) 키워서 일하다 앉아 깨 먹어. 그럼 얼매나 시원하고 좋은디."

틈 밭은 새참용이었다. 일거리 많은 고추밭은 한 번 가면 종일 서 있기 일쑤다. 삼순 어머니는 그 밭 한쪽에 수박과 참외를 심어두었다. 고추 모종을 심을 때, 줄을 칠 때는 수박 키우는 재미로, 고추를 딸 때는 수박을 깨 먹는 재미로 밭일을 했을 것이다. 땀을 흘리다가 시원하게 수박을 드시는 삼순 어머니를 상상하니 그 수박 맛은 안 먹어봐도 알 것 같다. 그 귀한 수박을 삼순 어머니는 올해는 드시지 못했다. 수박이 하나 익으면 누가 훔쳐 가고, 남은 하나가 익으면 또 훔쳐 가서 서운했다고 하셨다.

오늘은 요만 하던 수박이 내일은 이만해지기를 매일 들여다보았을 텐데 얼마나 속상하셨을까. 햇볕도 뜨건디 북북 부에도 났을 것이다. 일하다 먹기 딱 좋은 자리였는데 그 자리에 수박이 있다는 것을 알았으니 또 도둑맞을지도 모른다며 내년 틈 밭에는 수박을 심을지 말지 고민하는 삼순 어머니가 나는 귀여웠다. 그리고 그 도둑 덕분에 삼순 어머니의 수박밭 이야기를 들을 수 있어 몰래 고마웠다.

단골이 생기다

작약을 심은 지 3년 만에 꽃이 피었다. 자줏빛 작약 꽃을 보고 있으니 문득 단골 할아버지가 보고 싶어졌다.

시골에서 책방을 한다고 하면 누가 책을 사냐는 질문부터 받을 정도로 당연히 시골 책방에는 손님이 없었다. 텅 빈 책방의 문턱은 뭐가 그리 높은지 아이, 어른 할 것 없이 사람들은 가게 안이 궁금해도 직접 들어와 묻지는 못하고, 도로 쪽으로 낸 큰 창으로 가게 안을 슬쩍 보기만 하고 지나갔다. 낯가림이라면 자신 있는 나는 직접 손님을 부를 넉살이 없었기에 문이라도 활짝 열어두었다. 하지만 따뜻한 실내의 유리창 앞은 파리가 모여들기 좋은 곳이 되어서 얼마 열어두지 못하고 다시 문을 닫아야 했다. 손님이 없어도 파리가 날리게 할 수는 없었다. 사람들은 창밖에서, 나는 창 안에서 서로 쳐다보기만 하고 있을 때 박력 있게 책방 문을 열어젖힌 손님이 있었다.

"할매!"

벌컥 문이 열리면 귀청이 떨어져라 할아버지가 나를 부르던 소리가 아직도 귀에 쟁쟁하다. 한번 따져 물은 적도 있었던 것 같은데 할아버지는 늘 나를 그렇게 부르셨다. 할아버지의 움직임과 목소리는 쓸모를 찾지 못해 둥둥 떠다니는 공간을 하루에도 몇 번이고 다시 자리로 불러 세워

주었고 누가 일부러 보내기라도 한 사람처럼 어느 날 갑자기 마치 구원자처럼 나타나 첫 단골이 되어 주었다.

할아버지는 혼자서 차를 드시는 법이 없었다. 가게에 들어오면 일단 차 한 잔을 시키고는 내가 닫아 두었던 문을 대신 열고, 내가 부르지 못한 사람들을 불렀다. 나와 이야기를 나누시다가도 지나가던 할머니들을 부르고, 혼자 난롯불을 쪼이시다가도 경로당 할아버지들을 불러 차를 사셨다. 차를 드시지 못하는 날에도 가게 앞을 지나치지 않고 꼭 들러서서 선물을 던져주시곤 했다. 책방에 시계가 없다며 전자시계를 사다 주시기도 하시고, 감기에 걸려 기침을 할 땐 말린 곰보배추를 구해다 주시기도 하셨다. 냇가에서 주운 돌멩이를 주머니에서 꺼내어 주시는 날이 많아 왜 돌을 주시느냐 여쭈었더니 내가 돌을 좋아해서 주워 왔다고 하셨다. 돌보다 꽃이 더 좋다고 말씀드렸더니 다음부터 조팝나무와 홍매화가 활짝 핀 가지를 꺾어다 주셨다. 꺾인 꽃가지에 미안했지만, 할아버지 덕분에 책방에 계절을 장식할 수 있었다. 장날에는 김 파는 아짐을 불러 책방 안에서 장을 차리게 하셨다. 상인 아짐도, 손님 아짐들도 다들 차 한 잔을 드시며 분위기 있게 거래가 이루어졌다. 모두 김 한 톳을 들고 만족스럽게 책방을 나섰다. 할아버지는 그때도 김 한 톳을 사주셨다. 할아버지의 선물은 다양했다. 10원, 자른 나무, 전기판 없는 전기 포트, 버려진 책가방, 500cc 생맥주잔, 가래떡, 김, 삶은 꼬막, 종량제 봉투, 투명한 맥주병, 전자시계. 이유를 알 수 없는 선물이 많았지만 받는 내내 즐거웠다.

그렇게 몇 달을 오가시던 할아버지의 걸음이 뚝 끊겼고, 어느 날 아드님과 함께 책방에 나타나셨다. 할아버지는 알츠하이머 증상이 있으셨다. 나만 몰랐지 가까이에서 보고 지낸 이웃들은 가족들보다 할아버지의 변화를 미리 알고 계셨던 터라 할아버지의 끼니를 챙기고, 책방에 드나드는 할아버지의 하루에 별일 없음에 안심하고, 가까운 곳에 나들이도 함께 다니면서 마음도 챙겨 주고 있었다. 아드님은 마을 어르신들께 그간의 감사 인사를 전하고 할아버지를 서울로 모시고 갔다. 그 후로 어찌 지내시는지 소식이 없으셔서 걱정했더니 옆집 아짐이 말씀하셨다.

"소식이 없으니 잘 지내는 거여. 거그서도 여기저기 소리치고 다닐껴."

우리 집 마당에 핀 작약 꽃은 할아버지 댁에서 직접 캐어 주신 뿌리를 심은 것이다. 할아버지에게 드디어 작약 꽃이 피었다고 전하고 싶다. 보살펴주셔서 감사하다는 말과 함께.

시골의 시간은 다르게 흐른다

"스카치테이프 한 개 사려면 차를 타고 30분을 가야 해요."

순창으로 내려오기 전, 제주 살이 다큐멘터리를 본 적이 있다. 이주 1년 후의 이야기를 담은 내용이었다. 스카치테이프는 출연자가 정착을 포기하고 다시 서울로 가는 이삿짐을 싸게 된 이유 중 하나였다. 사정을 듣고 나니 그분은 도시의 편리함에 더 맞는 것 같았다. 나는 도시의 어떤 것을 아쉬워하게 될까. 대중교통, 24시간 편의점, 가까운 병원쯤 되려나.

대중교통은 어디든 갈 수 있는 차편이 언제든 있다는 것인데 15분 거리의 장소로 가는 데에 같은 버스를 3번이나 되돌려 타고 1시간 만에 도착하는 지독한 방향치인 나에게 서울의 대중교통은 편리하기보다 오히려 복잡하고 어려웠다. 또 세계 맥주 4캔을 단돈 만 원에 파는 24시간 편의점의 편의는 한 번에 왕창 사자는 방법으로 간단히 해결되었고, 병원과 약국은 시골에서 살면 더 건강해질 것이라는 어설픈 근거로 딱히 문제가 되지 않았다. 몇 가지를 꼽아보니 다행히 나에게는 도시의 속도가 주는 편리함이란 시골 풍경과 풍요로움보다 매력적이지 않아서 큰 고민 없이 시골살이를 시작할 수 있었던 것 같다.

막상 시골로 내려오니 도시와는 다른 방식으로 시간을 체감하게 된다. 도시와 시골의 시간이 똑같이 흐르긴 하지만 시간을 사용하는 범위가 달라진다고나 할까. 시골에서는 역세권, 도보 5분 같은 시간을 다투는 표현이 없다. 어디를 가든 먼 거리가 당연했고, 당연하다 보니 한두 시간의 거리쯤은 가볍게 다닐 수 있었다.

　알배추를 사기 위해 읍내로 향했다. 읍내까지 거리는 차로 20분. 왕복 40분. 면 소재지에 마트는 있지만, 채소류는 팔지 않는다. 손님들이 다 농부다 보니 다들 직접 지어 먹기 때문이다. 짓지 않는 채소는 오일장날 사거나, 읍내 마트나 가까운 남원 시장으로 간다. 우리는 차를 타지만 할머니들은 버스 시간을 기다리고 타고 사고 돌아오는 시간까지 볼일 하나, 물건 한 가지 사는 데에 하루를 쓴다. 다들 미나리 한 단, 생선 한 마리를 사기 위해 기꺼이 시간을 들인다.

　차를 몰고 10분쯤 가다 보니 익숙한 번호의 차가 맞은 편에서 온다. 친한 언니의 차다. 창문을 열고 손을 흔드니 언니도 함께 손을 흔든다. 어제 보고 오늘 봐도 반갑다고 인사하는 우리가 아이 같아서 혼자 웃는다. 그러고 나니 바로 전화벨이 울렸다. 방금 지나간 언니다.

"어디가?"

"알배추 사러. 저녁 반찬 해 먹게."

"그래? 그럼 나도 하나 사다 줘. 오늘은 나도 배추쌈이나 먹어야겠어."

두 집의 저녁 반찬거리를 사러 가는 길이 되었다. 걸음이 아깝지 않다. 작은 시골 마을이다 보니 어디를 가든 멀다. 먼 거리다 보니 몇 번 걸음 할 일을 한 번에 모아서 간다. 군청에 볼일이 생기면 가는 길에 문구점에도 가고, 장도 봐온다. 읍내 가는 길에 학원 가는 아이들이 있으면 같이 태워서 가고, 들어올 땐 또 들어오는 길이라 함께 타고 온다. 세탁소에 옷을 찾으러 갔다가 옆집 언니의 이름이 붙여진 옷이 있으면 대신 찾아오기도 한다.

읍내로 출퇴근하는 이웃은 괜히 퇴근길이 아깝게 느껴질 때 한 번씩 함께 먹을 피자나 떡볶이, 족발 같은 안주를 사 오기도 한다. 가까운 도시에 나갈 때는 매일 보는 가까운 사람들에게 필요한 것이 없는지 서로 물어본다. 남원이나 전주에 먹고 싶은 요리가 생각나면 함께 갈 사람들을 모아 한 차 가득 태우고 간다. 여러 사람의 시간을 함께 모아쓴다. 나도 그렇고, 다른 사람들도 그렇다. 한 번 걸음에 여럿이 함께 움직이니 나눌 이야기도 쌓인다. 도시의 편리함이 시간을 줄여주는 데 있다면, 시골은 불편함이 오히려 시간을 채우게 만드는 것이지 않을까.

제주살이를 포기하게 된 출연자에게 스카치테이프처럼 불편한 것들이 1년이란 시간 동안 아마 수도 없이 많았을 것이다. 하지만 스카치테이프 하나를 이웃에게 빌릴 수 있었다면 생활이 또 달라지지 않았을까 하는 아쉬움이 든다. 필요한 것이 있으면 빌리고, 빌려주며, 고민 같은 것은 수다로 날려버릴 수 있는 이웃이 있었다면 제주도에서 조금 더 살아볼 수 있는 시간을 가질 수 있지 않았을까.

1년 동안의 고민은 2년, 3년이 되면 사라지지는 않지만 익숙해진다. 대신 다른 고민이 생기긴 한다. 하지만 고민이란 것은 살아가면서 늘 생기기 마련이니까. 살아가는 시간 동안 달라지는 고민을 보며 깊어지는 나를 알아차릴 수 있는 것이 오히려 삶의 즐거움이 아닐까. 우리에겐 넉넉한 시간이 필요하다.

서울에서 직장 생활을 할 때는 내 시간을 오로지 일을 위한 시간으로만 썼다. 일의 성과와 관계없이 내 시간은 따로 필요했다. 시간은 희한하게도 비어 있는 상태로는 채워진다는 느낌이 들지 않았다. 휴식이 필요했는데 아무것도 안 하는 것이 더 어려웠다. 내 시간을 만들겠다고 취미조차 열심히 하는 자신을 보니 이게 맞나 싶은 의문이 들기도 했다.

일본으로 가기 전에 잠깐 시급 아르바이트를 한 적이 있었다. 시간당으로 금액을 받으니 내 하루의 값이 눈으로 보였다. 돈을 쓸 때마다 몇 시간의 노동이 떠올랐다. 월급 받을 때는 모르고 살던 것이었다. 그런 한 시간, 한 시간이 힘들게 느껴져서 아르바이트를 그만두었다.

농부들 틈에서 작게나마 농사를 짓고 살다 보니 시간에 대한 감각은 무뎌지고 계절에 예민해진다. 한 시간 두 시간보다, 사계절을 챙기게 된다. 겨울 끝부터 봄을 준비하고, 여름에 올 날씨를 대비하고, 가을에는 겨울 동안 먹을 것을 두둑이 만들어둔다. 24시간을 4계절로 크게 크게 느끼는 데에 더 익숙해졌다. 그러니 계절 사이사이의 일들은 그저 지나가는 일이 된다. 시간쯤이야 별것 아니다. 뭔가 넉넉한 사람이 된 기분이다. 물론 아직도 넉넉하지 못한 면은 많지만.

받는 마음은 어디서 배우나요?

우리 집 냉장고에는 여러 집 고추장이 있다. 친정엄마의 고추장, 앞집 아짐(할머니)의 고추장, 태진이네 엄마 고추장, 옛방 아짐네 고추장. 고추장만 얼마나 많은지 얻은 고추장과 김치만으로도 냉장고가 꽉 차 있다. 고추장으로 유명한 순창이라 그런가. 고추장 인심이 참 후하다. 고추장에 특별한 의미라도 있는 것일까 궁금할 때가 있다.

처음으로 얻은 순창 고추장은 오동마을 이장님네 것. 면사무소 아르바이트를 할 때 오동마을에 간 적이 있다. 이장님께 볼일이 있어 이것저것 여쭙는데 누가 찾아 왔나 마당에서 얼굴을 내미는 아주머니를 보시더니 이장님이 대뜸 소리쳤다.

"고추장 좀 담아서 와이."

갑자기 고추장? 나는 괜찮다며 손사래를 쳤다. 고마운 마음이 먼저 들어야겠지만 실은 아주머니께서 고추장을 담그실 때 손가락 하나 까딱 안 하실 것 같은 인상의 이장님이셨기에 수고한 사람은 따로 있는데 생색은 다른 사람이 내는 것 같은 생각이 들어 받고 싶지 않았다. 열심히 사양했지만, 시골에서 어른이 무엇을 준다고 할 때 사양은 별 의미가 없다. 결국, 나는 고추장을 받았다. 아주머니는(그때의 내가 느끼기에) 떨떠름한 눈빛을 보이시며 자신이 공들여 만든 고추장을 건네셨다. 내가 바란 것도 아니었는데 심지어 사양도 했건만. 내가 꼭 고추장이든 뭐든 하나라도 얻으러 온 사람처럼 보인 건 아닌지 속상했다. 이장님은 내 속도 모르고 손에 들려진 고추장을 흐뭇하게 바라보며 말했다.

"드셔봐. 우리 집 고추장 맛이 좋아. 다른 집 고추장이랑은 달러."

그제야 알았다. 이장님이 아주머니가 담근 고추장 맛을 자랑하고 싶으셨다는 것을. 나는 받을 때 주는 사람의 주고 싶은 마음을 헤아리기보다 받고 나면 불편해지는 내 마음을 먼저 생각한다. 몇 해를 살아도 도무지 그 불편함은 사라지지 않아서 받는 것은 아직도 어렵다. 감사히 받지 못한 것이 죄송했는지 고추장을 주고 싶으셨던 이장님의 표정이 아직도 남아있다.

사실 나는 퍼주기 좋아하는 사람이다. 누군가 갖고 싶거나 먹고 싶은 것을 이야기할 때 나도 모르게 그 말을 기억해두고 있다가 줄 핑계가 생겼을 때 챙겨주기도 하고, 내가 갖고 있던 것도 누군가 관심 있어 하면 그 자리에서 건네주는 사람이었다. 물질적인 것뿐만이 아니다. 바쁘게 처리해야 하는 일이 있어도 기꺼이 내 시간을 내어 주는 것에 스스럼이 없다. 내가 가진 것 중에 남는 것이 아니라, 가장 좋은 것, 하나밖에 없는 것을 누군가에게 주는 것을 좋아했다. 내 좋은 것을 나누고, 그 마음을 받으며 좋아하는 누군가를 보는 것에 나는 행복을 느꼈던 것 같다. 나는 그런 사람이었고, 그런 사람들 속에서 자란 사람이었다.

그러다 직장을 서울로 가게 되면서 호의를 함부로 꺼내면 안 된다는 것을 깨달았다. 내가 꺼낸 무언가를 받고 의아해하거나 불편해하는 사람들이 있었고, 심지어는 이상하게 생각하는 사람도 있었다. 그러면서 내 마음을 꺼낼 때는 받는 사람의 마음도, 주고 싶은 내 마음과 같은 무게로 있어야 한다는 것을 알았다. 딱 그만큼의 마음을 어떻게 계산할 수 있는지 도무지 이해가 되지 않았지만 나는 그때마다 상처를 주기도, 받기도 싫어서 꾸역꾸역 그 마음을 배웠다.

얼마나 열심히 배웠던지 나중에 엄마에게 이기적으로 변했다는 말을 듣기도 했다. 그런데 산다는 것이 이렇게나 재미있다. 꾸역꾸역 배우고 다져 온 그 마음을 나는 순창에 살며 다시 완전히 풀어야 했다. 이곳에서는 무방비로 '받음'을 당해야 했다. 다시 한번 말하지만 사양하고 싶은 마음은 넣어두는 것이 좋다.

받은 것이 너무 많다. 아침에 대문을 열면 누가 두고 간 지도 모를 채소나 음식이 있었다. 어느 날에는 상추가, 두릅이, 파가, 마늘 한 접이, 참기름이, 들기름이, 쌀이, 김치가, 반찬이, 팥죽이 있었다. 철에 따라, 이웃의 사정에 따라서 집 앞에 놓이는 것들도 달라졌다. 제사 음식이, 잔치 떡이 있기도 했다. 누가 두고 간 것인지도 모르는데 양은 또 엄청 났다. 나는 줄 것이 없어 갚을 수도 없는데, 감사하다는 인사조차 못 할 때가 많았다.

받은 음식을 다 먹지 못할 때마다 죄책감이 들었다. 집을 구하기 전 여럿이 함께 살던 집에서의 일이었다. 어느 날 내가 씻고 있는 사이에 누군가가 20kg 쌀 4포대나 두고 간 적이 있는데 대신 받은 사람의 말을 들어보니 옆 마을에 사는 아저씨였다. 순창에 내려와서 한두 달 실컷 놀다가 면사무소에서 아르바이트를 할 때였다. 내 걸음으로 1시간 걸리는 거리를 가끔씩 걸어서 출퇴근할 때가 있었는데 논이 많은 길에는 가로등이 없어 저녁 7시에도 캄캄했다.

그럴 때마다 아저씨는 걸어가던 나를 알아보고는(참고로 나는 아저씨가 어디 사는 누군지도 몰랐다) 차를 세워 집까지 태워주곤 했다. 그러고도 위험한 길을 다니는 것이 안쓰러웠는지 어느 날 아저씨는 면사무소에 와서 면장님에게 이 아가씨에게 차를 좀 사주라고 외쳐주기도 했다. 그 아저씨가 이번에는 객지 것, 외지 것이 굶고 살까 봐 직접 지은 쌀을 잔뜩 두고 간 것이었다.

그때만 해도 고마운 마음보다 황당함이 더 컸다. 마음은 자꾸 자라는 건지, 변하는 건지 모르겠지만 이제는 받는 것에 황당함을 느끼지는 않는다. 그동안 쌓은 시간으로 만들어진 관계 덕분이라 생각한다. 아저씨가 주신 많은 양의 쌀은 나도 먹고, 이웃들에게 나눠주기도 했다. 덕분에 배도 든든해지고, 이웃들과도 돈독해진 기분이었다.

냉장고 안의 음식들을, 밥상 위의 반찬들을 보았다. 음식마다 이웃들의 사정이 담겨있었다. 그 사정들 사이에 내가 함께 있다니. 밥상 위에 모여 있는 것은 함께 살고 있다는 의미였다. 그러니 주는 마음을 불편해하는 것은 '나는 혼자 조용히 살고 싶으니 놔주세요'라는 뜻이 되었다. 늘 귀농, 귀촌인으로 분리되지 않고 한 마을 한 사람으로 섞여 살겠노라 했던 말들은 인제 보니 말뿐이었다. 받기 어려운 마음에 아직 나는 섞일 준비가 되지 않았다는 것을 깨달았다. 모른 척 조용히 숨겨둔 마음을 들킨 기분이었다.

알고 보면

"탁탁탁."

"계신가? 아무도 없는가?"

조용한 저녁이나, 모처럼 만의 휴일 낮. 가족끼리만 볼 수 있는 편안한 차림으로 집에서 느긋하게 있다가 들리는 갑작스러운 소리는 머리카락을 쭈뼛 서게 한다. 창밖으로 소리가 들릴까 봐 남편과 속닥거리며 서로 나가보기를 미루다 문을 열면 앞집 어머니가 미안한 얼굴로 찰밥을 건네신다. 매번 이렇게 이웃들로부터 먹을거리들을 받는다.

시골집을 찾거나, 시골에서 새집을 지을 땅을 찾는 조건 중에 '조용한 산속', '마을과 떨어져 간섭이 없는' 위치를 선호하는 경우를 많이 본다. 나도 외딴집이 좋다. 물론 이런 이유는 빡빡했던 도시의 삶에 지친 탓이리라. 도시를 떠난 다음 삶은 조용히 혼자만을 누리며 살고 싶은 마음을 나도 백 번 이해한다. 하지만 그 마음의 기한은 생각보다 짧다. 선을 긋고 거리를 두고 살면 결국 외로워지고 만다는 것을 안다. 마을 속에 섞여 살아보면 내가 그어 놓은 선은 나를 가두는 선이라는 것을 알게 되는 날이 온다.

어느 날 앞집 어머니는 뜬금없이 나에게 이런 말을 한 적이 있다.

"혹시 우리 집 텔레비전 소리 시끄러워요?"

앞집은 우리 집과 골목 하나를 사이에 두고 있는 데다가 우리 집은 이중창을 달고 있어서 앞집으로부터 텔레비전 소리는커녕 어떤 소리도 들어 본 기억이 없는데 어머니께서 말을 덧붙이셨다.

"안 들려? 그럼 다행이여. 아이고 내가 얼마나 조심스러운지 몰라. 나는 재채기 할 때도 뒷집 놀랠까 봐 손으로 입을 가리고 삼키면서 하잖여."

그런 앞집 어머니가 찰밥을 들고 오셨을 상황을 그려본다. 어머니는 낮 동안 우리가 내내 집을 비우니 마당에 차가 들어왔기를 건너다보시며, 집에 불이 켜지기를 기다렸다가 조심조심 들고 오셨을 것이다. 재채기도 조심스러운 어머니가 본인이 편한 시간을 골라 아무 때고 찾아오신 것은 결코 아닐 것이다.

그러니까 무엇을 얻으러 온 것도 아니고 주려고 오면서도 최대한 우리 집 불빛을 보며 방해되지 않는 시간을 고르셨을 것이다. 들고 온 음식도 먹기 싫으면 버려도 된다고까지 배려 아닌 배려를 하신다. 알고 보니 그런 거였다. 알아 보는 시간이 없었다면 아마 나도 앞집 어머니를 내 멋대로 여겨버렸는지도 모를 일이다.

앞집 어머니 말고도 이웃 어른들이 젊은 사람들을 조심

히 대하시려 애쓰신다는 걸 많이 느낀다. 우습지만 이웃을 신경 쓰지 않고 행동하는 것은 되려 우리 쪽이다. 마당 생활을 해본 적이 없으니 신이 나기만 해서 놀러 온 친구들과 음악을 크게 켜고 밤새도록 논다거나, 친구의 아이들이 신나서 마을 여기저기를 돌아다니면 할아버지 할머니들이시니 귀엽게 받아주실 거란 생각을 당연히 하는 것이다. 방해받기는 싫은 마음과 이해받고 싶은 마음은 함께 있었다. 경계에서는 늘 두 가지 마음이 함께 한다는 것을 잊지 말아야 한다.

우리 집에 대문이 있었다면, 앞집 어머니는 벨을 누르셨을 것이다. 대문 없는 집에 문을 두드리는 소리는 초인종 대신이다. 그 두드림조차 없이 자연스럽게 집으로 들어와 마당을 구경하거나 열린 문을 통해 허락도 없이 집안을 둘러보는 사람은 마을 이웃이 아니라 주말에 고향을 찾은 도시 사람들이다.

어이가 없어서 쳐다보고 있으면 자신이 살던 집이라서 보러 왔다고 한다. 바꿔서 생각해보면 내가 살던 아파트라며 허락도 없이 자신의 집으로 찾아 들어가 쳐다보며 같은 말을 하면 그들은 이해할 수 있을까? 텃세 같은 시골의 오해가 어떻게 생기게 된 건지 내가 시골 사람이 되어보니 알게 되었다.

유럽 여행책을 처음 읽었을 때가 생각난다. 이탈리아에는 소매치기가 많다는 내용을 읽고 나도 모르게 이탈리아는 별로 가고 싶지 않다는 생각이 들었다. 머릿속에서 이탈리아는 소매치기가 많은 나라라고 정해져 버리는 느낌이었다. 그 생각을 여행을 자주 다니는 친구에게 말했더니 친구는 나에게 너는 그 사람과 다른 이탈리아를 보게 될 테니 그 책에서 본 것을 잊는 것이 좋겠다고 했다.

이탈리아를 가본 적은 없지만, 일본에서 몇 년 살면서 짧은 시선으로 한 판단이 실제와 다른 것을 자주 보았다. 남의 경험을 빌려 지레 판단하지 않고 직접 부딪히며 겪고 싶었다. 한 동네를 일주일에 한 번 매주 산책을 했다. 갈 때마다 들르는 카페가 있었다. 매주 카페에 갔더니 그 요일에 아르바이트하던 언니가 말을 걸었다. 전혀 일본어를 할 줄 몰랐는데도 언니와 마스터 할아버지와 금세 친해졌다.

나중에는 마스터 할아버지가 도시락도 싸주셨다. 그러면 나도 산책 중에 산 작은 선물을 주기도 했다. 언니는 자신의 친구를 소개해줬고 그 친구는 또 다른 친구를 소개했다. 나중에는 다 함께 친구의 할머니댁이 있는 교토로 여행을 가기도 했다. 몇 년의 일본 생활을 그 친구들과 함께 채웠다. 그 카페를 한번 들렀다가 말았으면 일어나지 않을 일이었다.

일주일 동안 본 것은, 한 달 겪은 것과 다르고, 한 달 겪은 것은 1년 동안 산 것과 달랐다. 그 사이의 시간 속에는 어김없이 사람이 나타났고 함께 지내다 보면 고치거나, 새로 쓰게 되는 이야기들이 생겼다. 그때 만난 친구들이 보여 준 일본이 전부가 아니었겠지만, 친구들이 나에게 보여 주고 싶어 했던 일본이 나도 마음에 들었고 행복했던 것만은 분명하다. 내가 전하는 시골도 그 속에 내가 전하고 싶은 마음이 담길 테니 잘 정리된 마음을 전해야겠다는 생각이 든다.

책방을 하며 시골살이에 관한 책을 많이 읽게 된다. 그 중에는 자연에 대한 감상을 담는 책도 있고 거꾸로 그 감상은 환상이라 말하는 책도 있다. 그러다 어쩌다 사람과 섞여가는 이야기를 담은 책을 읽을 때면 웃다가 울기도 하고, 격한 공감을 하며, 그럼에도 불구하고 사람들과 섞이기를 포기하지 않는 마음을 응원했다. 알고 보면 다르게 보이는 세상이 더 즐거우니까.

내 이름은요

"책방 밭 010-0000-0000", "박정미 010-0000-0000"

'밭'은 직접 지은 책방 이름이다. 순창에 내려온 지 4년 만에, 책방을 연지 2년 만에 마을 전화번호부에 이름이 실렸다. 시골에는 농협에서 만드는 전화번호부가 있다. 마을마다 집마다 사는 사람의 이름과 전화번호가 적혀있고, 해가 바뀔 때마다 새 전화번호부가 집집으로 배달된다. 거의 모든 사람이 요긴하게 사용하고 있다. 거기에 내 이름이 실렸다. 다른 가게들의 이름과 다르지 않은 서체로, 같은 색으로, 같은 크기로 적혀있는 내 이름을 보니 겨우 한숨이 놓였다.

그동안 나는 이름이 없었다. '창고에 사는 애'였고, 먼저 내려와 사는 사람의 아는 누군가였다. 집이 없으니 어느 마을 사람이지도 못했고, 연고가 없으니 가진 이름만으로는 누군지 알기가 어려웠고, 직장이 없으니 내가 하는 일로 나를 설명할 수도 없었다. 내가 말할 수 있는 내가 없었다. 장황하게 나를 소개하는 사람과 대충 들으며 소개받는 사람 사이에서 멀뚱멀뚱 내 소개를 듣다 보면 그저 나는 나를 소개한 사람의 누군가가 될 뿐이었다.

그동안 가족이 지어 준 이름과 사회에서 만든 이름으로 당연하게 불리고 살았으니 내가 누구인지 딱히 증명해 보일 일이 없었다. 누구의 손녀나 딸, 어느 회사의 누구로 부모님과 직장이 나의 이름이 되어주고 있었던 것을 새삼 깨달았다. 그걸 버리고 왔으니 내 이름을 짓는 것부터 다시 해야 했다. 연고 없는 곳에서 산다는 것은 그런 것이었다.

별수가 있나. 인사라도 잘해야지. 나를 알든 모르든 마을 어르신들과 마주치면 무조건 인사를 했다. 생글생글 웃는 얼굴로 인사를 건네면 언제나 돌아오는 질문에 어깨가 다시 축 처졌다.

"뉘 집 딸이요?"

어르신들은 누구의 딸인지 떠오를 리가 없는데도 기억해내지 못해 미안한 표정으로 나에게 물으셨다. 하루에 몇 번씩 그 말을 들을 땐 한 번쯤 다른 설명 없이 당당하게 누구네 딸, 손녀라 말해보고 싶었다. 그러면 속이 후련해질 것 같았다. 서른이 훌쩍 넘어 할머니 할아버지의 이름을 부르고 싶게 될 줄이야.

다들 이름이 있었다. 책방 옆집 어머니는 옛날에 문방구를 하며 책가방을 파서서 마을 사람들이 '가방집'이라 부르고, 슈퍼집 2층 할머니를 다른 할머니들이 '불티나'라 부르시는 것이 재미있어 친한 언니에게 물어보니 예전에 운영하셨던 옷가게 이름이 '불티나'였단다. 앞집 할머니는 '명

다방'으로, 슈퍼를 했던 할머니는 '정은 슈퍼', 식당을 했던 옆옆집 할머니는 '점심집'으로 불리신다.

지금은 아무도 장사를 하시지 않지만, 할머니들은 여전히 예전 가게 이름으로 불리신다. 다들 살아온 삶으로 불렸다. 나는 보지 못했던 할머니들의 이전 삶이 마을 사람들에게 불리는 이름만으로도 그려졌다. 이름이 없다는 것은 이곳에서의 삶이 아직 없다는 뜻이 되기도 했다.

책방을 열고 며칠 지나지 않아 내려와 처음 살았던 마을의 할머니 세 분이 오셨다. 이사를 하여서 다른 마을 사람이 되었는데도 부러 걸음을 해주신 것이다. 오랜만에 뵈니 반가워서 얼른 커피와 만든 빵을 내어드리고 할머니들 옆에 앉았다. 할머니들은 가게를 돌아보시며 잘 되어도, 되지 않아도 걱정이시라면서도 일을 갖게 된 것을 축하해주셨다. 그리고는 개업날 떡도 해오지 못하고 늦게 와 미안하다며 봉투를 건네셨다.

"정미에게 갈라니 마음 보낼 사람은 이 봉투에 담으라고 했어."

잠깐만. '정미'라니! 할머니가 분명 '정미'라고 하셨다. 아, 봉인이 해제되는 기분이 이런 걸까. 이야기를 더 나누다가 얼떨떨하고 쑥스러워서 고맙다는 말도 마음만큼 하지 못하고 할머니들을 배웅했다. 할머니들이 가신 뒤에도 한참이나 봉투를 들고 있었다. 봉투를 뒤집어보니 꼬불꼬불 마을 할머니들의 택호가 줄줄이 쓰여 있었다. 할머니가 말씀하신 '정미에게 마음을 보태주신' 분들의 이름이었다. 한 분 한 분 택호를 읽어보았다.

'한동댁, 용성댁, 모정댁, 멀대댁, 양촌댁, 봉성댁, 수레댁, 내동댁, 기동댁, 두월댁, 전주댁, 노봉댁, 양촌댁, 수월댁, 금동댁.'

열다섯 개의 택호 중에 아는 분은 겨우 다섯 분뿐이었다. 얼굴을 뵈면 분명 다 아는 분들일 것이라며 남은 열 분의 택호를 몇 번이나 다시 입에 붙여보았다. 이런, 떠오르는 얼굴이 없었다. 나를 알아 달라 그렇게 바라고는 정작 나는 할머니들을 몰라주었다. 죄송하고 부끄러운 마음이 들어 봉투는 열어보지도 못했다.

지금은 불리는 이름이 제법 많아졌다. 마을 사람 대부분이 '정미'라 부른다. 예전 살던 마을의 할아버지는 나를 '박 여사'라 부르시지만, 단골 할아버지는 책방 문을 열 때마다 '할매'를 외치신다. 지금 사는 마을에서는 '서울 새댁'이라 불리고, 가끔 술에 취한 친한 형님들에게 '우리 정미'라 불리기도 한다. 이제는 누가 내 이름을 몰라도 서운하지 않다. 대신 나를 설명해주는 이의 말을 유심히 듣는다. 다정하게 애정을 들여 나를 설명해주는 이들이 참 고맙다.

어느 날 참깨 한 알이 날아와 책방 앞 돌 틈에 심겼다. 물도 비료도 준 적이 없는데 참깨는 무럭무럭 자라 마디마다 토실한 열매가 달렸다. 참깨가 커가는 동안 지나가는 마을 사람마다 웃으며 인사를 하고 말을 걸었다. 다들 참깨 농사를 짓고 있을 터라 전혀 특별할 것 없을 텐데 참깨 한그루가 뭐가 그리 반가웠을까. 사람들이 지나가던 걸음을 멈추고, 가까이 다가오게 하는 참깨를 보니, 그 덕에 나도 함께 인사를 받고 보니 내가 갖고 싶었던 것은 이름이 아니라 관심과 응원이었던 것이라는 걸 알았다.

수다는 농사의 힘

말수가 적은 사람을 좋아한다. 남편을 좋아한 것도 그 이유에서였다. 웃기게도 남편은 내가 말이 많아서 좋았다고 하니 서로 다르게 만나는 것이 세상 이치인가 싶기도 하다. 그러고 보면 말이 많다고 나쁘지만도 적어서 좋지만도 않다. 일에 지쳐 있을 땐 가사가 있는 노래조차 듣기가 어려웠고, 영화도 대사가 별로 없는 영화만 보았다. 하지만 신이 날 땐 함께 떠들 말 많은 친구가 필요했다. 말은 짧아졌다 늘어졌다 하며 그때그때의 내 상태를 확인시켜 주었다.

처음 순창에 내려왔을 때 임시 거주지에서 여럿이 함께 살다 보니 사람에 대한 스트레스가 많았다. 혼자 있고 싶을 때가 있었지만 아니 어쩌면 혼자 있고 싶다는 말은 거짓말이었는지도 모르겠다. 친구가 있었다면 힘들 때마다 호로록 달려갔을 테니. 친구가 없으니 혼자라도 있고 싶어지면 이웃 형님 집으로 갔다. 출근한 주인이 비워 둔 집 마당에서 혼자 먹을 채소들을 심고 거두며 온전히 내가 하고 싶은 것을 했다.

알알이 맺힌 고수 씨앗을 오늘은 거둘 때였다. 고수 줄기를 베고 보니 한 숲이다. 마당에 앉아 씨앗을 훑어 내는데 자꾸 눈물이 났다. 씨앗은 훑어질수록 마음은 점점 복잡해졌다. 왜 그랬을까. 어떻게 그럴 수 있을까. 이런저런 일들이 하나둘씩 떠올라 생각이 이어지다 보니 원망스러운 마음이 풍선 크기만큼 자랐다. 마당에서 그러고 있는 나를 보신 앞집 할머니가 갑자기 오셨다. 할머니는 씨앗 더미 앞에 앉으시더니 무슨 씨앗이냐고 물으셨다. 혼자 있고 싶었고, 아무 말도 하고 싶지 않아서 난처했다.

그런데 이번에는 저쪽에서 옆집 할머니가 오셨다. 앞집 할머니 옆에 나란히 씨앗 더미 앞에 앉으시더니 또 무슨 씨앗인지 물으셨다. 마지못해 입을 뗐다. 고수라는 채소 씨앗이고, 어디 지역에서는 김치로 담가 먹기도 한다고. 향이 강한데 그 향이 좋아서 이런저런 요리에 곁들여 먹는다고 주절주절 말을 했다. 고수를 아시는지 모르시는지 돌아오는 반응이 신통치 않았다. 시큰둥한 반응이었다.

이런, 내가 가장 좋아하는 채소 중 하나인 고수가 이런 대접을 받게 할 수는 없었다. 열을 올리며 할머니들이 혹할만한 말을 또 쏟아내고 난 후 겨우 할머니들께 그럼 한번 심어보겠다는 소리를 듣자 만족이 되었다. 그러다 순간 깨달았다. 걱정하던 것을 까먹어버렸다는 것을. 풍선처럼 커지던 마음이 어디로 날아가 버리고 없어졌다는 것을. 열심히 떠들며 손을 움직이다 보니 어느새 씨앗도 다 훑어졌다. 드린 씨앗을 마다하고 일어서는 할머니들을 보며 속았다는 생각이 들었지만, 말없이 할머니들이 옆에 있어 주신 덕에 기분이 나아졌다.

매실 수확이 한창일 때였다. 이웃 형님네 매실 밭에 부족한 일손을 보태러 갔다. 형님은 내 손은 영 믿지 못하는 눈치였지만 반전을 보여주겠노라 단단히 마음을 먹었다. 매실 수확용 앞치마를 허리에 꽉 묶고 나무에 붙어 섰다. 어린 시절에는 매 학년 달리기 선수를 할 정도로 체력이 좋았는데 몇십 년을 책상에만 앉아서 살다 보니 가장 약한 것이 체력이 되었다.

하지만 내가 가장 열심히 하는 일이 바로 '남의 일'이지 않았던가! 욕먹지 않을 정도가 아니라 티 나게 잘하고 싶었다. 오로지 매실 수확에만 힘을 쓰기 위해 힘을 집중했다. 노래를 듣지도 않고 입도 꾹 다물고 묵묵히 앞치마 주머니에 매실을 채워갔다. 비탈진 매실 밭에서 삐딱하게 선 채 사방으로 뻗어 있는 가지에 달린 한 알의 매실도 놓치지 않으려 버둥대다 보니 할머니들의 얘기 소리가 들렸다.

"아니 어제 꽃밭에서 꽃 심던 사람이 오늘 죽어붓다요."

"우리 아들 계원 어무이도 자다가 죽었다길래 아유 그 사람 잘했다. 고생 안허고 죽으니 월매나 좋아. 혔어."

"안 아프고 죽는 사람이 젤 복(복)이여."

"아이고 죽을래야 죽을 시간도 없어. 요새는."

"하하하."

매실나무에 파묻혀 사람은 보이지도 않는데 할머니들의 얘기 소리는 매실 밭이 울리도록 들렸다. 얘기는 끊이지 않고 톡톡톡 우르르 매실 따는 소리도 멈추지 않는다. 꼭 얘기하는 사람과 일하는 사람이 따로 있는 것 같았다. 수다는 일을 방해하는 것이란 생각에 익숙했는데, 희한하게도 할머니들의 수다가 계속될수록 일의 속도가 더 빨라졌다. 그것이 수십 년 동안 터득한 농사의 기술인지, 농부의 체력인지 궁금했다. 게다가 죽음이라니. 저절로 힘 빠질 만한 대화 소재였다.

어깨너머로 할머니들의 대화를 엿들어 보았다. 자세히 들어보니 한 할머니가 끊임없이 대화를 끌어내고 계셨다. 그분이 꾸려진 팀의 대장 할머니셨다. 할머니는 손을 쉬지 않으면서도 노련하게 팀의 체력이 떨어지지 않도록 하고 있었다. 옆에는 또 입이 좋은 할머니가 계셨다. 그분은 어떤 소재에도 얘기를 꺼낼 수 있는 수많은 에피소드를 보유하고 있는 듯했고 다른 할머니보다 높은 톤의 목소리를 가졌다. 나머지 할머니는 맞장구와 웃음을 담당했다. 완벽한 팀이었다.

입을 다물고도 슬슬 떨어지는 체력을 다시 살려 줄 힘이 필요했다. 할머니들이 서 있는 나무로 옮겼다. 수다의 힘에 복종하며 꼭 다문 입을 열심히 떠들면서 매실을 땄다. 깔깔깔 사방이 뚫린 밭이라 시원하게 떠들고 웃을 수 있었다. 눈치 볼 것 없이 입과 손을 놀린 덕에 그날 우리는 매실 2톤을 땄다.

별말 없이도 기분이 나아지게 도와줄 수 있다는 것을, 고된 일일수록 수다로 즐겁게 할 수 있다는 것을, 할머니는 알고 계셨다. 말은 아껴야 하는 것이라지만, 할머니들은 말은 쓸 땐 쓸 줄 아셨다.

어느새 풀이 가득 자란 밭에 호미를 들고 앉았다. 여름 풀은 깜빡하면 훌쩍 자라 버려서 포기하기 일쑤다. 남편에게 소리쳤다.

"풀을 맬 방법을 알아냈어!"

집을 그리다

마을 골목을 걷다 보니 유독 전봇대 아래에만 짧은 나뭇가지가 잔뜩 널려 있다. 고개를 들어 위를 보니 아니나 다를까 까치가 집을 짓고 있다. 까치는 새들 사이에 집 잘 짓기로 소문이 나 있다. 어쩔 땐 다 지어놓은 집을 다른 새에게 뺏기기도 한단다. 까치는 알을 낳기 전에 좋은 기운이 있는 터를 찾고 그 터에서 태풍에도 끄떡없는 튼튼한 나무를 골라 집을 짓는다. 바람이 잘 통하고 빗물이 잘 빠질 적당한 나뭇가지를 물어와 쌓아 올린다. 겹쳐 쌓은 나뭇가지는 서로 단단히 얽혀 튼튼하다. 창문 너머의 까치가 지은 집을 보면서 남편과 내가 살 우리 집을 그려본다.

고향이 대구라 서울에서도 연고가 없기는 마찬가지였다. 처음에는 잘 모르고 선택한 동네에서 살다가, 일을 위해 회사 근처로 이사를 하고, 퇴근도 없는 일을 하느라 월세가 아까워 월세가 적은 곳을 찾다가, 회사 일에만 치이다 보니 나를 위한 일상을 만들겠다며 다시 회사로부터 먼 동네로 집을 옮기며 참 많이도 이사를 했다.

사실 원룸은 집이 아니라 방이었고, 발품을 팔아 고른 원룸에서도 운 좋게 퇴근한 날에도 집에 있기보다 밖에 나가는 것이 좋았다. 자주 이사를 하고 집에 있는 시간이 적으니 동네 친구도, 단골 가게도 만들지 못했다. 그때는 미래의 내 집보다 일로써 얻을 나의 미래를 더 고민할 때였다. 일을 놓고 나니 더는 긴장 속에서 살고 싶지 않았다. 평온한 일상을 살고 싶었다. 해가 뜨면 일어나서 건강한 아침을 챙겨 먹고, 필요한 살림을 돌보고, 친구를 초대해 함께 저녁 식사를 하는 평범한 하루들로 앞으로의 나의 날들을 채우고 싶었다.

솔직히 시골에서도 집 걱정을 하게 될 줄은 몰랐다. 농촌에는 인구가 점점 줄고 빈집이 늘고 있는 실정이니 시골에서라면, 집은 어디든 있을 줄 알았다. 요즘은 유튜브나 부동산 블로그를 통해 직접 발품을 팔지 않아도 가격까지 알 수 있을 정도로 각 지역의 집이나 땅을 찾기가 훨씬 수월해졌지만 내가 시골에 올쯤엔 인기 있는 귀농·귀촌 카페를 가입해서 정보를 얻거나, 그 지역에 사는 지인에게 기대는 수밖에 없었다. 작은 지역일수록 부동산이 잘 없었는데 그 이유는 마을의 집과 땅은 거의 이장님이 중개인 역할을 하기 때문이었다. 읍내의 부동산을 통하지 않아도 대부분 마을 안에서 거래가 끝났다.

시골에서 살기 싫다고 하는 남편(그때의 남자친구)에게 반 협박해서 정한 시골행이다 보니 집만은 내가 해결해야 했다. 먼저 내려가서 집을 구해놓겠다 큰소리 떵떵 친

상태였지만 결국 남편이 내려오기로 한 날까지도 집을 구하지 못하고 나니 더이상 무작정 집이 나타나기를 기다릴 수가 없었다.

어느 날 나는 결심을 하고 동네 슈퍼에서 김 선물 상자 여섯 개를 샀다. 자동차 뒷자리 가득 김 상자를 싣고 눈길을 달려 면사무소에서 아르바이트하며 알게 된 여섯 이장님 댁을 찾아갔다. 사정을 말씀드리고 빈집을 팔지 않는 주인들을 설득해 주시길 부탁드렸다. 딱한 사정을 위로해 주시긴 했지만 다들 애써서 알아봐 주시진 않으셨다. 서운하고 서러운 마음을 안고 집으로 돌아가는 길에 지나가는 다른 마을 이장님이 보였다. 얼른 차를 세워 달려가 이장님을 붙들고 부탁을 드렸지만 돌아오는 대답은 같았다.

눈이 내려서 날이 추웠는지 마음이 추웠는지 모르겠지만 나는 이장님을 붙잡고 펑펑 울었다. 그 후로 이집 저집을 이사를 하며 살았다. 그렇게 몇 년을 살아보니 그때 이장님들이 적극적으로 알아봐 주시지 않은 이유를 알 수 있었다. 많은 연고 없는 이주자가 그렇듯 나도 또 언제고 떠날 수 있을 거라 여겼기에 이장님 입장에서는 마을 사람으로 들이기에는 시간이 필요했던 것이었다. 시골의 집을 구하는 데에는 시간이 필요하다. 시간이 만든 신뢰가 쌓인 관계가 필요하다. 몇 년이 지나도 이곳을 떠나지 않은 나는 점점 더 좋은 사정의 집으로 옮길 수 있었다.

지금 집도 남편과 나의 소유의 집은 아니다. 우리는 더는 집을 찾지 않는다. 이 집을 나가게 되면 이제는 우리 집을 짓고 싶다. 집을 구하는 것과 집을 짓겠다는 것은 고민의 출발부터가 달라진다. 까치가 집을 지을 때 튼튼한 나무를 먼저 찾기보다 좋은 터를 먼저 찾는 것처럼 좋은 땅을 볼 줄 알아야 한다. 마을 곳곳을 다니며 유심히 본다. 저런 곳이면 딱 좋은데 싶은 곳에는 매번 축사나 양계장이 있었다. 해가 잘 들고 한적한 곳에는 어김없이 묘지가 있었다. 그다음 좋은 곳엔 남의 집이 있으니 우리 집은 어디쯤 되려나. 다시 막막해지면 이번에는 집을 그려본다.

"마을에서 너무 떨어지면 별로야. 누구를 불러 밥 먹기 좋은 거리의 집이 좋아."

"나는 이층집은 싫어. 단층이 좋아."

"정면이 없는 집이 좋아. 사방을 정면이 되는 집을 짓고 싶어."

"내 방은 따로 갖고 싶어."

"모두가 요리할 수 있게 거실 한 가운데에 싱크대를 설치할 거야."

"햇볕 가장 잘 드는 쪽에 세탁실을 두고 빨래를 널고 말리고 개켜 넣는 것까지 세탁실에서 다 할 거야."

"집 앞에 나무를 심어 여름에는 사라지고 겨울에는 나타나는 집은 어때?"

아파트에 살았다면 고민하지 않았을 집을 그려보며 서로를 알아간다. 뭐든 내가 좋은 대로 하라는 남편이지만 나는 내가 누군가 함께 하고 싶을 때 혼자 있고 싶을 남편을 위해 혼자만의 방은 꼭 만들어줘야겠다고 생각했다. 좋은 땅을 구하고, 튼튼한 집을 지으려면 또 얼마큼의 시간이 걸릴까. 고쳤다 지웠다 수십 채의 집을 상상하며 언제고 올 그때를 기다린다. 우리가 그려 만든 우리 집을.

밭은 자란다

나도 그랬다. 어쩌다 선물 받은 작은 선인장조차 결국 죽게 만드는 마이너스 손. 식물 키우기에 관심 없는 사람들이 흔히 말하는 핑계처럼 내 손도 '마이너스 손'이었다. 실은 바쁜 손을 식물에까지 내어 줄 정도의 여유가 없다는 뜻을 다들 그렇게 표현했는지도 모르겠다.

어느 날 우연히 산 채소 재배키트로 인해 나는 인생의 전환점을 맞이하게 되었다. 간혹 사소한 경험이 인생을 바꾸는 변화로 이어지기도 한다지만 작은 씨앗 몇 개를 심은 일로 이렇게나 다른 삶을 살게 될 줄은 몰랐다. 씨앗을 심을수록 채소 재배키트 속 흙 봉투는 점점 커져갔다. 신통한 씨앗이 싹을 틔우면 심고 싶은 씨앗의 종류도 늘어났다. 그러면서 봉투는 화분으로, 텃밭상자로 크기를 키워갔고 채소를 키우던 위치도 책장에서 창틀로 옥상으로 옮겨가며 점점 넓은 곳을 찾아갔다. 그러다 씨앗이 인생을 바꾸는 때가 온 것이다.

"아, 땅에서 키워보고 싶다."

시골은 흙 천지. 내 땅 하나 없이 무작정 내려온 시골에서 동갑내기 마을 이웃을 알게 되어 자연스럽게 밭 하나를 빌리게 되었다. 시골에 오니 흙밭이 자연스럽게, 그러니까 또 저절로 생겼다. 시골에는 집은 없지만, 할머니들이 짓지 못해서 묵혀둔 밭은 수두룩하다. 이런저런 조건을 따지지 않는다면 땅을 놀리기 싫어하는 할머니들의 밭을 누구나 빌려 지을 수 있다. 이웃을 따라나선 밭이 자그마치 700평. 한눈에 들어오지 않는 밭이었다.

땅 많은 시골에서의 그저 밭 하나란 이렇게 큰 것이었다. 드넓은 땅과 흙. 대지라는 실감. 시멘트 바닥 위에서 한 평 두 평을 기준으로만 살다 보니 느껴보지 못한 감각이었다. 땅 위에서 산다는 것은 집이나 베란다, 옥상처럼 공간을 단어로 규정한 말과는 전혀 다른 차원의 느낌이었다. 벽이 없으니 끝을 알 수가 없는 시골의 공간은 산과 논, 밭이라는 큰 단어로 이루어져 있다는 것을 그제야 깨달았다.

밭에 서고 보니 땅은 컸고, 나는 한없이 작을 뿐이었다. 흙이라는 말에서 떠오르는 느낌이란 넓은, 따뜻한, 푸르름, 생명력. 그러니까 땅은 나의 부족함을 넓고 따뜻한 품에서 푸르게 키워줄 것 같았다. 그러니 무작정 땅에 기대어 보자는 심산으로 이웃에게 선뜻 밭을 지어보겠다고 했다.

욕심내지 않고, 고르지 않고 나에게 와준 땅에서 포기하지 않고 버티는 것을 목표로 내가 지을 수 있는 만큼만 지어보기로 했다. 그 밭에서 남편과 나는 여러 가지 채소와 땅콩을 심었지만 한 알도 거두지 못했다. 하지만 포기하지 않고 다시 심은 배추와 무는 잘 자라주어 생애 첫 김장까지 할 수 있었다. 그렇게 우리가 농사를 지은 부분은 700평에서 100평도 채 되지 않았다. 아마 700평 전체를 잘 지으려 욕심냈었다면 제풀에 지쳐 도망쳐 버렸을지도 모르겠다.

밭농사를 짓다 보니 스멀스멀 내 속에서 꿈이 생기기 시작했다. 그것은 바로 쌀을 짓는 것. 논농사를 짓고 싶어진 것이다. 그러나 가진 것이라고는 삽 하나, 호미 한 자루, 물 조루 한 개뿐인 우리에게 논은 너무 원대한 꿈이었다. 밭과는 다르게 논은 농부들 사이에서도 경쟁이 심하다. 그렇게 귀한 논이 내게 와줄 리가 없었다고 생각했다.

면사무소에서 아르바이트하던 나는 평소에 함께 일하던 직원에게 논농사가 꿈이라는 말을 입버릇처럼 했다. 그 직원은 시골에 와서 자리 잡고 살아보겠다고 애쓰는 내가 안쓰러웠는지 내 꿈을 잊지 않고 기억해두었다가 어느 날 논을 지을 사람을 찾는다며 면사무소로 문의 온 사람을 붙잡았다. 그리고 농지은행을 통해 논 주인과 나를 연결해주었다. 그렇게 어느 날 갑자기 논이 나에게로 왔다.

900평. 4마지기 반. 하지만 대농들 사이에서는 달랑 논 하나. 이 논에서 나는 어떤 쌀을 지어야 나도 먹고 돈도 벌

수 있을까 고민했다. 내 손으로 지은 쌀을 끼니로 먹을 수 있고 돈으로도 바꿀 수도 있을까? 논농사는 밤낮없이 책상에 앉은 채 무형의 가치를 만들어 누군지도 모르는 사람들을 설득해야 했던 내가 내 손으로 직접 가치의 실체를 키워내고 팔기도 해야 하는 것을 실감하는 일이었다. 그러니까 내가 만든 나를 알리고 파는 일이었다.

내가 지은 쌀은 어떤 내가 되어야 할까 생각해보았다. 첫 번째는 건강한 쌀일 것. 두 번째는 내가 키우고 싶은 쌀일 것이었다. 건강하게 짓는 것이야 시간이 드는 일이라 걱정이 없었는데 키우고 싶은 쌀을 찾는 것이 문제였다. 막상 논농사를 지으려고 보니 수많은 농부가 수 만 평의 논에서 한 가지 쌀을 짓고 있었다. 대부분의 농부들은 지은 쌀을 농협에 팔기 때문에 농협에서 받는 한 품종만 지었다.

품종을 가리는 것은 커피 원두 고를 때뿐이었는데 직접 키울 쌀의 품종을 고르게 되다니. 토종 벼를 짓고 싶었지만 먹기도 귀한 토종 볍씨를 농사가 처음인 내 몫이 있을 리가 없었다. 품종을 고르는 것뿐만이 아니라 고른 품종의 볍씨를 직접 구해야 하니 더 막막했다. 볍씨를 구하는 방법은 내가 본 벼농사 책에서는 알 수 없는 것들이었다. 이럴 때 필요한 것이 이웃! 주변에 농부가 수두룩하니 어쩌면 걱정할 필요도 없었다.

그즈음 다행히 우리는 우리 힘으로 할 수 없는 것과 모르는 것을 주변의 관계로 채울 수 있을 때였다. 몇 해 동안 살며 땅이 맺어준 관계들이었다. 친해진 이웃 농부들이 많아져 이런저런 정보를 얻어듣다가 실은 농부들도 먹고 싶은 쌀은 따로 짓고 있다는 것을 알게 되었다. 어떤 쌀을 지을까 고민하는 내게 이웃 형님이 말했다.

"밥맛은 밀키퀸이 최고지! 내가 볍씨 줄테니 키워봐."

맛있어서 따로 심어 먹을 정도라니 의심의 여지 없이 밀키퀸을 심기로 정했다. 밀키퀸은 농사짓는 내내 이웃 농부들에게 걱정을 들어야 할 정도로 키우기 어려운 품종이었지만 밥맛은 최고였으며, 쌀이 몸에 좋고 맛있으니 걱정 없이 팔 수 있었다.

채소 재배키트에서 옥상으로, 밭으로, 논으로 나의 밭은 점점 자랐다. 밭이 자라는 동안 얻는 열매도, 사람도 늘었다. 그러면서 시골살이에 마음이 굳혀졌다. 농사에, 이웃에 정이 들은 것이다.

논은 나의 대나무 숲

책방에 젊은 농부들이 오면 본의 아니게 그들의 대화를 듣게 된다. 친한 사람이 더러 있기도 해서 가끔 그들의 대화에 끼어들 때도 있다. 그들의 대화는 일에 관한 것이었는데 들어보니 다들 농부이지만 농부로만 살고 있지 않는 것 같았다. 농사가 빈 계절을 부지런히 다른 일들로 채우고 있었다. 자신의 농사를 지으면서도 돈을 받고 남의 농사를 거들 때도 있으며, 자손이 돌보지 못하는 산소의 벌초를 대신하기도 하고, 건축, 설비 같은 농사와는 전혀 관계없는 일을 겸하기도 했다.

거기에 청년회 같은 모임의 일원으로 마을을 위해 맡은 일도 있었다. 도대체 몇 가지 일을 하고 있느냐고 물었더니 한 농부는 아홉 가지 정도 한다고 했다. 젊은 농부들은 대개 도시로 떠났다가 다시 고향으로 온 경우가 많았다. 고향에 돌아왔지만 그들은 더 바쁘게 살아야 했다. 팍팍한 도시의 삶을 핑계 삼아 여유롭게 살 법도 하건만 그들은 내 일에도, 내 것 같은 일에도 열심이었다. 그렇게 바쁘게 살면 힘들지 않냐 물으면 돌아오는 대답은 늘 한결같았다.

"그래도 마음은 편해."

늘 웃는 표정인 친한 이웃 형님이 있다. 까만 얼굴 덕분에 더욱 하얗게 보이는 치아를 드러내며 지어 보이는 그의

미소와 상냥한 말투는 상대를 금방 편하게 만들고 말아서 힘든 사정을 저절로 털어놓게 만든다. 형님은 일부러 찾아듣고 싶지 않을 남의 사정을 마음이 쓰인다는 이유로 매번 챙기는 사람이다. 누구와 싸우는 법도 없고, 감정이 격해져 실수를 하는 법도 없다. 마을 일에 언제나 열심이고 할머니들을 살뜰하게 챙기는 그를 경계한 누군가가 모함한 적이 있었을 때도, 그 사람이 가장 가깝게 지내는 사람이었다는 것을 알게 되었을 때에도 형님은 드러내어 화를 내지 않았다. 그런 형님을 옆에서 보면서 분명 얼굴처럼 속도 까맣게 변했을 거라는 생각에 제발 좀 풀고 살라고 하면 든든한 뒷배라도 있는 듯 얘기한다.

"들에 있으면 마음이 편해."

형님은 들에 서있으면 억울함도, 속상함도 다 풀린다고 했다. 끝없이 펼쳐진 밭에 서서 울고 쏟아내고 일을 하다보면 어느새 새 마음을 갖고 마을로 내려오게 된다고 했다. 해결되지 않아도 속이 시커멓게 타도록 쌓아 두진 않았나 보다. 형님처럼 까만 마음도, 젊은 농부들의 바쁜 마음도 마음 좋은 고향의 들이 풀어주고 있었나 보다.

태풍으로 키우던 벼가 많이 쓰러졌다. 다른 논들은 어떤지 살펴보았다. 얇은 빗으로 머리를 싹 빗어 넘긴 것 같은 논도 있고, 모두가 잠든 밤에 몰래 지나가던 공룡이 발자국을 남긴 것 같은 논도 있고, 블랙홀이라도 생긴 것처럼 논 한가운데만 둥글게 쓰러진 논도 있었다. 같은 태풍인데도 논마다 다른 모양의 상처를 남겼다.

큰일을 겪고도 농부들은 덤덤했다. 태풍에 벼가 쓰러졌을 때도, 비에 논이 잠겼을 때도, 가뭄에 작물이 말라갈 때도 "워쩌겠어. 내년에 더 잘 지믄 되제." 하면서 다들 그저 받아들일 뿐이었다. 논에 앉아 쓰러진 벼를 보았다. 900평의 인생에서 나는 모 한 포기쯤 될까. 논 앞에 서보면 인간이란 얼마나 작은 존재인지 느껴진다. 마음이 비워지니 나도 따라 저절로 내뱉어지는 말이 있었다.

"워쩌겠어."

태풍을 겪고, 가뭄을 겪고, 폭우를 겪는 것은 논이지만 쓰러진 벼를 일으켜 세우고, 가뭄에 물을 대고, 폭우에 물길을 만드는 것은 사람이었다. 빈 논을 채울 수 있는 것도 사람이 하는 일. 놓친 것 없이 올해도 잘 키워냈으니 상황에 주눅 들지 말아야지. 비워진 마음에서 이번에는 용기가 싹튼다.

"내년에 더 잘 지으면 되지!"

자연은 늘 나은 쪽으로 이끌어 준다. 멍하니 논 앞에 앉아 큰 품을 느끼다 보면 어느새 편안해져서 돌아온다.

논은 마흔 이후의 바다와 닮았다. 원래 나는 바다를 무서워했다. 끝을 알 수 없는 크기는 보고 있는 것만으로도 막막했고, 철썩거리는 파도는 나를 혼내는 것만 같았다. 마흔 이후의 바다는 그 전의 바다와는 달라서 끝을 알 수 없는 크기는 깊은 품처럼 느껴졌고, 파도는 나를 향해 올 때마다 내 속에 있던 어수선한 마음을 가져갔다. 넋 놓고 보고 있다 보면 속이 후련해졌다. 사람들이 바다를 좋아하는 이유는 저마다 다르겠지만 나에게 바다는 그렇게 와줬다. 다른 농부들도 나도 바다를 찾듯 논에 기대며 살고 있나 보다.

나의 유일한 친구인 식당언니가 바빠서 혼자 풀지 못하는 마음이 생기면 근처 마을 할머니를 찾기도 하고, 걸어서 내가 짓는 논으로 가기도 한다. 걸어가면서 쏟아 내버릴 마음들을 다시 한번 되짚어 본다. 논 앞에 서서 넓은 논을 향해 소리라도 지르려고 단단히 벼르고 가면 갑자기 잠자리가 눈에 보인다. 시선이 잠자리를 따라가다 보면 메뚜기도 보인다. 이 큰 논에서 저 작은 것들이 눈에 띄는 것이 신기해서 집중하는 사이 속상한 마음은 어느새 까먹고 만다. 그러고 논둑에 앉아 있다 보면 이번에는 경적소리가 들린다. 놀라서 돌아보면 이웃 형님들이 소리친다.

"거기서 뭐해!"

논에 앉아있으면 무슨 일이라도 있나 싶어 다들 걱정을 한다. 제발 논에 앉아 있지 말라는 걱정을 듣기도 했다. 논보다 이웃들에게 미안해서 속상한 마음은 혼자 추슬러야겠다. 차르르 바람을 쓸어내는 벼의 소리를 들으며 논에서 일어선다. 논들이 농부들을 잘 지켜주기를 빌면서.

책방 자리를 찾아서

사실 책방을 하고 싶었던 것은 아니었다. 시골에서 남편과 내가 꿈을 꾼 것이 있다면 도서관을 여는 것이었다. 풍경 좋은 자리를 찾아 남편과 둘이서 직접 지은 집에 도서관이라는 이름을 걸어 놓고 마을 사람들과 여행 온 사람들이 어울릴 수 있는 공간을 꾸미며 조용하고 평온하게 나이 들고 싶었다. 사람들이 찾아오고 싶은, 기다리고 있기 좋은 자리를 찾기가 쉽지 않다는 것은 이미 알고 있었고, 그러기 위해서는 우선 이곳에서의 삶을 먼저 살아두는 게 맞다 싶었다. 그렇게 천천히 살아가며 준비하고 싶었는데 생각보다 빨리 책방을 시작하게 되었다.

책방이 필요한 곳에 있을 수 있었으면 했다. 그런 곳이 없다면 그저 마을 속에 있고 싶었다. 손님이 없어도 마을 사람들과 놀고 싶었다. 마을을 다닐 때마다 집과 땅을 유심히 봐 둔 풍경을 하나씩 떠올려 보았다. 우선 경로당이 있었다. 지금은 없어졌지만, 그때는 마을마다 마을 경로당 건물이 두 개씩 있었다. 예전에 쓰던 경로당과 새로 지어 옮긴 경로당이 함께 있었다. 쓰지 않는 경로당을 알아보기로 했다. 무작정 이장님을 설득해보자는 계획이었다.

첫 번째 찾아간 마을 경로당은 나무 기둥과 창문 위에 기와가 앉혀진 건물이었다. 오래된 역사를 가진 마을이라 그런지 경로당도 예뻤다. 활짝 열린 가게에서 오며 가며 마을 사람들이 앉아 쉬는 풍경이 그려졌다. 경로당은 마을 소유의 건물이다. 마을의 재산이다 보니 마을 대표인 이장님을 먼저 설득해야 했다. 대답은 당연히 NO! 경로당은 아니지만, 마을 창고로 사용하고 있다는 것이 이유였다. 우리 머리에 있던 그림이 이장님 머릿속에는 그려지지 않는 모양이었다. 그래도 가장 인연이 있던 이장님이라 기대를 했었는데 실망하며 돌아서야 했다. 다시 힘을 내고 다른 마을로 향했다.

두 번째 경로당은 콘크리트로 지어진 건물이었다. 관광지로 이어진 도롯가에 있어 장사하기 좋은 위치였다. 가로등이 켜진 마을 입구를 환하게 밝히고 있는 가게 모습이 그려졌다. 이장님께 경로당 건물을 임대하거나 사고 싶다고 말씀드렸다. 경로당처럼 마을 소유의 건물이나 땅이 있을 땐 임대나 판매를 해서 마을 재산을 모은다. 그 돈으로 마을 적금도 넣고 마을 사람들의 경조사를 챙기고, 큰 행사가 있을 때 마을 이름으로 돈을 내기도 한다.

이번 이장님이 거절하신 이유는 마을 돈이 이미 아주 많다는 것이었다. 설득할 여지도 주지 않으시고 가버리셨다. 몇 년 후 경로당은 헐렸고 그 자리에 마을 분이 집을 지으셨다. 남은 마을에는 축사를 전면 풍경을 둔 곳이라 포기했고, 혹시 쓰지 않는 경로당이 더 있을까 여러 마을을 돌아다녀보기도 했지만, 우리에게 내어 줄 만한 곳은 없었다.

화가 났다. 다른 곳에서 잘 되어 보여주리라! 오기가 생겼다. 순창과 가까운 임실로 알아보기로 했다. 자전거를 타다가 좋은 마을이 보이면 밭에서 일하는 어머니들을 향해 무작정 소리쳤다.

"이 마을 이장님 댁이 어디예요?"

"내가 이장 엄만디 뭔일이요?"

대답이 돌아올 거란 기대는 안 했는데, 어머니는 친절하게 사정을 들어 주셨다. 어머니를 통해 그 자리에서 빈집을 소개받기도 했다. 그러다 문득 잊고 있던 임실 마트를 오가며 점찍어 둔 곳이 떠올랐다. 마을 삼거리를 내려다보는 빈집이었다. 마당에 있는 큰 나무가 온갖 위험으로부터 집을 지켜주는 것 같아 오래 비어 있었음에도 쓸쓸해 보이지 않는 곳이었다. 큰 공간과 작은 방이 나란히 붙어 있어 일하다가 피곤할 때 쉬기에도 좋아 보였다. 나무 간판을 자세히 보니 이곳 또한 경로낭으로 쓰던 곳이었다.

근처 면사무소로 갔다. 사정을 말하고 점찍어 둔 빈집이 있는 마을의 이장님의 연락처를 물어보았다. 직원은 이장님과 통화 후 연락처를 알려주었다. 이장님께 전화를 드렸지만 역시 한마디로 거절하셨다. 이대로 포기할 수는 없었다. 이장님께 얼굴이라도 뵙고 말씀드릴 수 있게 해달라고 사정했다. 수화기 너머로 한숨이 들리더니 그럼 언제, 몇 시까지 마을 경로당으로 오라고 하셨다. 겨우 기회를 얻어 수박 한 통을 사 들고 경로당으로 갔다.

이게 무슨 일인지. 마을 사람들 모두 모여 앉아 우리를 기다리고 있었다. 놀라서 멀뚱멀뚱 있으니 이장님은 혼자서 결정할 수 없는 사안이라 함께 결정하기 위해서 주민들을 모았다고 말씀하셨다. 처음 보는 사람들 앞에서 우리는 장소를 어떻게 사용할 건지, 마을을 위해 어떤 활동을 할 것인지에 대해서 설명했다. 설명이 끝나고 이장님은 거수로 찬반 투표를 추진하셨다. 모두가 손을 들어 찬성했다. 단 한 분만 빼고.

빈 경로당 옆집에 사는 분이셨다. 반대 이유는 버려진 공간을 본인이 매 계절 사용하고 있다는 것이었다. 반대하는 사람이 있으니 어쩔 수 없다고 소득 없이 자리는 끝이 났지만 나오는 길에 이장님께서 반대하는 사람을 설득해보겠으니 서류 절차를 추진해보라고 하셨다.

문제가 또 있었다. 경로당이 서 있는 땅 일부가 군 소유의 땅이었다. 나라 땅을 사용할 수는 있지만, 시설을 설치할 수가 없었다. 그 부분부터 해결해야 했다.

임실군청 앞에 서니 어쩌다 이곳까지 오게 된 것인지 웃음이 났다. 여느 공무원들처럼 직원들은 우리를 1층부터 4층까지 참 다양한 부서로 보냈다. 그러다 마지막 찾아간 부서에서도 담당자가 대충 둘러대고 우리를 보내려고 하자 방법을 알려줄 때까지 나가지 않겠다고 떼를 썼다. 담당자는 몇 번 설득해도 내가 꿈짝하지 않자 한 방에 나를 포기 시켰다.

"내가 하기 싫다고!!"

결국에는 모든 사정을 딱하게 본 친한 형님과 언니가 가게를 빌려주었다. 식당을 확장해서 쓸 공간을 포기하고 내어 준 것이다. 비록 원하던 자리는 못 구했지만, 마음 내어 준 자리를 얻은 것만으로도 기뻤다. 우리가 있을 자리는 생각보다 가까이에 있었다.

따순맛

어제 먹고 남은 밥을 푸면서 문득 친구에게 미안한 마음이 들었다. 대구에서 온 친구는 오는 길에 남원에 들러 맛집 음식이라며 오징어볶음과 청국장을 사 들고 왔다. 함께 먹기 위해 친구가 일부러 걸음 해서 사 온 요리를 식탁에 펼쳐 놓고 별생각 없이 먹고 남은 밥을 푸고 있었다. 이웃 마을 장정례 어머니의 말씀이 떠올랐다. 서울에서 온 친구와 어머니 댁에 놀러 갔을 때 제법 많이 남아있던 밥을 다 퍼내고 새 밥을 안치며 할머니는 얘기하셨다.

"모다 지대로 꾸니도 못 얻어 묵고 사는디, 식당 밥도 질렸을 텐디. 나는 누가와도 새 밥 해서 주지 식은 밥 안 줘. 밥 있어도 내가 묵지. 밥 하는 것이 뭐시 어려와? 쌀 있겄다. 뭐 있는 반찬 놓고 허면 되지. 내 집에 와서 배고파서 가면 쓰겄어?"

요즘 사람들은 다들 사느라 바빠서 끼니도 제대로 못 챙겨 먹고, 식당 밥도 질렸을 거라며 누가 와도 우리 집을 찾는 사람에게는 새 밥을 해주신다던 어머니 말씀이 생각났던 것이다. 어머니는 직접 보지 않고도 요즘 사람들 꼴만 보고도 사는 보양을 아셨다. 맛난 것 잘 챙겨 먹고 산다고 거짓말해도 거짓말인 걸 아셨다. 밥 한 끼가 얼마나 많은 것을 채울 수 있는지도 알고 계셨다.

어머니는 안씨런(안쓰러운) 요즘 사람들인 우리에게 먹일 한 끄니(끼니)를 차리느라 분주하셨다. 밥은 늘 새 밥을, 있는 반찬이라고 하셨지만 후다닥 굴비를 냄비에 넣고 지지고 무를 썰어 무치셨다. 수월하게 꺼낸 재료에는 바로 요리가 될 수 있도록 만들어 둔 정성이 배어있었다. 다른 가게와 다르게 간이 딱 좋은 것을 파는 시장 할아버지를 찾아가 사 온 조기를 집에 와서 망에 넣고 며칠을 말린 것이고, 심어 키운 가을무는 바람 들지 않게 꽁꽁 묶어 둔 것이었다. 후다닥 차린 밥상에 누구든 내 집 올 사람을 위해 준비해둔 시간이 담겨 푸짐했다. 밥 한 끼가 그렇게 차려졌다.

　맛집 요리라 그런지 친구는 식은 밥까지 맛있게 먹어주었다. 하지만 조금 부지런을 떨어 내가 지은 쌀로 새 밥을 짓고 할머니들께 얻은 김치로 찌개라도 끓여 내었다면 친구는 속까지 든든할 한 끼를 먹었을 것이다.

　"맛은 있을랑가 없을랑가. 따순맛으로 잡사봐."

　상다리가 부러지도록 차린 밥상 앞에서 할머니가 매번 하시는 말처럼 다음에 친구에게 꼭 따순맛을 지어 주어야겠다.

　서울에서는 따순 밥 한 끼가 그리운지도 모르고 살았다. 일상을 채울 시간을 일하는 데에 다 쏟아도 시간은 늘 부족했다. 시간을 오래 쓰고 나면 좋은 결과를 얻을 수 있었다. 그럴 때마다 일은 더 재밌어졌다. 그래서 밥을 굶을 때가 많았다. 일이 바쁠 땐 밥을 먹으러 가고, 식당에 앉아 밥이 나오길 기다리고, 밥을 먹고, 다시 회사로 돌아오기까지의 시간마저 아까웠다. 신경을 쓰면 밥을 먹어도 잘 체했다. 일주일을 샌드위치만 먹은 적도 있을 만큼 한 끼를 가벼이 여기고 내 몸에 소홀했다. 밥은 먹지 않고 때우는 것이었다. 그때는 몰랐고 지금은 안다. 한 끼 한 끼를 잘 챙겨 먹으면 더 오래도록 일을 즐겁게 할 수 있다는 것을. 왜 부모님이 입이 닳도록 밥은 먹었느냐 물으시며 끼니를 챙기셨는지. 젊어서 한 고생은 나이 사십이 되고 한꺼번에 드러났다. 한 끼를 소홀히 한 지난날에 대한 숫자 '4'가 보여주는 증명이었다.

시골에 오고 보니 새삼스럽게 내가 밥 살림을 할 줄 모른다는 것을 깨달았다. 혼자서 20년 가까이 살았으면서 제대로 챙겨 먹을 줄 몰랐다. 장을 보러 가도 무엇을 사야 할지 어려웠다. 한 가지 재료를 여러 요리로 활용할 줄 몰랐고, 맛있게 먹을 방법을 몰랐다. 재료에 대한 감각이 없으니 요리를 즐길 줄도 몰랐다. 그러니 장을 보아도 냉동식품에 자꾸 손이 갔다. 사실 지금도 여전히 그렇긴 하지만 농사를 짓고부터는 나아졌다.

봄이 오기 시작하면 완두콩을 심는다. 감자 심을 날만 기다리다 자칫하면 완두콩을 놓쳐버릴 수가 있으니 겨울 끝에는 늘 긴장하고 있어야 한다. 감자를 심고 나면 잎채소 씨앗을 뿌린다. 물맛만 나는 상추보다 쌉싸름하거나 맵고 고소한 맛이 나는 여러 가지 잎채소 씨앗을 심는 것이 좋다. 장마가 지나고 나면 씨앗을 한 번 더 뿌려 가을 동안 또 먹을 수 있다. 그러고 나면 열매채소를 심는다. 여름 동안 고추, 토마토, 옥수수, 가지를 실컷 먹고 가을이 오면 무와 배추, 시금치를 심어 겨울을 준비한다. 제때 심은 채소는 자연스레 밥이 되고 반찬이 되었다. 직접 지어 먹으니 더 맛있고, 양이 많으니 먹기 위한 궁리는 저절로 하게 되었다. 그게 요리였다.

여전히 장은 볼 줄 모르지만 키운 채소를 알뜰하게 여러 요리로 해먹을 수 있게 되었다. 때가 되면 얻는 채소들도 부지런히 먹었다. 옆집 아저씨가 준 처음 본 다래순은 데쳐서 나물로 무쳐 먹고, 이장님께 얻은 두릅은 데쳐 먹고, 파스타로도 먹었다. 농사는 저절로 요리하게 했다. 그때그때 맞는 재료들로 즐겁고, 따숩게 먹었다. 농사를 짓고 산 덕분에 겨우 몸을 챙기며 산다.

가끔 도시 친구들이 집으로 놀러 온다. 올 때마다 다들 빈손으로 오지 않는다. 나는 시골에 사는 친구이긴 하지만 여전히 속이 헛헛해 놀러 오는 친구들을 든든히 먹이고 채워 보낼 '외갓집' 같은 느낌의 시골 내공이 없다. 못 미더운 나를 위해 오히려 친구들이 도시에서 뭐라도 하나 더 챙겨 온다.

함께 있는 동안 먹고도 남을 양의 먹거리를 잔뜩 짊어지고 온 친구들을 보고 있으면 얼른 후덕한 시골 아줌마가 되고 싶다는 생각을 한다. 친정에 온 딸내미 손에 갖가지 정성을 들려 보내는 엄마처럼 갓 짠 참기름 들기름을, 맛있게 익은 김치를, 만능 간장과 고추장을, 윤기 나는 쌀을 양손 가득 들려 보내는 날을 상상한다. 내가 보낸 음식들로 한 끼니를 따숩게 챙겨 먹을 수 있도록.

시골 책방 운영기

'풍성 치킨.' 책방 공사를 시작하면서 걸려있던 간판을 내렸다. 간판 뒷면에는 '행복 다방'이라고 쓰여 있었다. 풍성 치킨이라 적힌 출입문 앞에 서서 드디어 치킨을 먹을 수 있게 되었다고 감동하며 사진을 찍었을 때가 떠올랐다. 그때 그 자리에 내가 책방을 열게 되다니. 인생은 정말 모를 일이다. 지금까지 시골의 삶은 나의 계획이나 예측과는 전혀 다르게 흘러가고 있다. 살아봐야 계획도 할 수 있을 거라는 생각에 흘러 가는 대로 맡겨 보고 있긴 하지만, 그래도 도시에서보다 기회가 훨씬 가까이 있는 것 같다. 유지하기는 어렵지만, 시도해 볼 방법들이 손에 잡힌다. 책방이라니. 서울에서는 꿈도 못 꿔볼 일이었다.

청년 창업 지원 사업을 받아서 책방 수리를 시작했다. 구조적인 변경은 업체의 도움을 받고, 나머지는 남편과 함께 만들어 갔다. 타일과 페인트 작업과 의자를 제외한 가구도 직접 만들었다. 내가 모양을 그리면, 남편이 나무를 자르고 이어 형태를 만들었고, 다시 내가 색을 칠하고 마감을 했다. 가게 곳곳에 내 손을 거치지 않은 것이 없었다. 욕심만큼 해보지는 못했는데 지원받은 사업비를 제외하고 쓴 돈이 더 많았다.

완성된 공간은 마음에 들지 않았다. 잘 만들고 싶다는

욕심만 가득할 때는 보지 못하는 것들이 많았다. 그 욕심으로 공간에 담겨있던 시간을 다 지워버리고 나서야 깨달았다. 치킨 가게였던 공간은 가게 주인인 형님의 아버지께서 손수 꾸며주셨다. 천장과 벽의 나무 장식을 뜯어버릴 때 밖에서 쪼그리고 앉아 담배를 피우며 보고 있던 형님의 모습이 떠올랐다. 그때는 형님이 아쉽고 속상할 거란 생각조차 못 했다. 나중에 물어보고서야 알게 되었다. 돌이킬 수도 없는 후회는 꼭 나중에 도착해서 이렇게나 미안하게 만든다.

책방을 열고 찾은 사람들에게서 옛날 모습이 상상되질 않는다는 소리를 들을 때면 가슴이 콕콕 찔리는 것만 같았다. 내가 뜯어 버린 것은 형님만의 시간이 아니었다. 예쁘거나, 취향보다 더 중요하게 여겨야 할 것이 있었다. 새로 꾸려진 공간에 사람들이 익숙해지는 시간을 다시 처음부터 시작해야 했다.

사람들은 바뀐 공간에서도 기억을 더듬어 내가 오기 전에 이 공간에서 어떤 시간을 보냈었는지 얘기해주곤 했다. 내가 모르는 시간을, 지워버린 시간을 손님들이 다시 들려주었다. 아마 그때 마음먹었던 것 같다. 이 공간에 이 사람들의 이야기로 가득 채우고 싶다고. 혹시 놓치게 될지도 모를 시간을 책으로 엮어 잘 잡아 두겠노라 결심했던 것이.

　다양한 손님이 있었다. 들어보니 풍성 치킨 간판 뒤에 쓰여 있던 것처럼 이곳은 대대로 다방 자리였다. 순창군에서도 동계면은 아주 큰 편에 속했다. 그 옛날에도 극장이 있었고, 시장에서 아이를 잃어버릴 정도로 사람들이 많이 살던 곳이라 없는 것이 없었다고 한다. 다방만 해도 7개가 있었다지. 그 많던 다방이 문을 닫은 그 자리에서 뚝딱뚝딱 다시 다방 자리를 고치고 있으니 마을 할아버지들은 새로 생기는 가게가 다방인 줄로만 아셨다. 남원까지 다방을 다니시던 할아버지들은 오매불망 개업날만 기다리셨다는 것을 첫 손님 할아버지께 들었다.

　처음에는 혼자 오시는 할아버지 손님이 많았다. 혼자 오셔서 커피를 두 잔 주문하셨다. 할아버지 커피 한잔, 내 커피 한잔이었다. 무례하지 않게 거절하며 한 잔만 내어드리면 다들 서운해하셨다. 할아버지는 함께 대화를 나눌 사람이 필요했던 것이란 걸 알고 있었지만 응해드리진 못했다. 재떨이를 찾거나 담배 부탁을 하시는 할아버지도 계셨다. 실내 금연을 철저하게 지켜야 하고, 심부름 부탁은 하시면 안 된다며 단호하게 말씀드렸더니 그 후로는 할아버지 손님들의 발걸음이 뚝 끊겼다.

커피를 파는 책방으로 시작했지만 사실, 처음에는 책이 별로 없었다. 한 권씩 고심해서 고른 책으로 책장을 채우려는 계획으로 비워두었더니 헌책을 기부하겠다는 손님이 많았다. 평소에 늘 마음 써주시던 분도 지인분이 운영하시던 공부방을 정리하면서 모은 책이 있다며 가져가라고 하셨다. 혹시 오래된 책이 있을까 가보았는데 필요한 책만 골라서 올 수도 없어서 몽땅 가져와서는 소설책만 남겨두고 어린이 책들은 마을 공부방에 나눠드렸다. 책을 주겠다는 사람만 있고 사겠다는 사람은 없었다. 이 시골에서 아무도 책을 원하지 않는 것만 같았다.

책방을 열고 며칠 지나지 않아 손님 한 명이 술에 잔뜩 취해 들어왔다. 그는 비틀대며 의자에 앉아 커피를 주문했다. 너무 취한 것 같아 물부터 한잔 건네자 한숨을 푹 내쉬며 그가 말했다.

"나는 너희가 너무 싫어."

눈앞에서 내가 싫다고 하는 말을 들은 것은 살면서 처음이었다. 더군다나 그는 개업 축하금까지 챙겨서 준 형님이었다. 혼란스러웠다. 놀란 마음을 꾹 누르고 왜 그런지 물어보았다.

"너희가 내꺼 다 뺏어가잖아."

사람 섞여 사는 건 당연하고, 다르다 보면 서로 부대끼기 마련이다. 형님의 생각이 건강하지 못하다고 해서 잘못되었다고 할 수도 없었다. 묻지 않았지만 그럴 사정이 있었을 테지. 그 사정에 나를 포함해서 말하는 형님의 말이 참 아프게 들렸다.

지금 와서 돌이켜보면 커피도, 책도 다들 가까워지기 위해 먼저 손을 내밀어 준 것인데 참 서툴게도 대했다 싶다. 취향을 핑계로 내 공간에 대한 텃세는 오히려 내가 부리고 있진 않았을까. 먼저 꺼내 준 마음에 경계만 짓지 않아도 함께 잘 살아갈 수 있을 텐데.

책방 사장의 능력 부족으로 어찌 보면 이 책방은 마을 사람들의 응원으로만 굴러가고 있다고 해도 과언이 아니다. 오랜만에 아랫뜸으로 내려온 마을 형님이 함께 일한 청년회원들을 몽땅 책방으로 불렀다.

"여기까지 왔는데 팔아줘야지! 다들 먹고 싶은 거 시켜. 내가 살랑게."

그렇게 책방 가득 앉은 손님들이 고마워서 외쳤다.

"자, 다들 이리 보세요. 사진 한 장 남겨야 쓰것어요."

지지는 없다

창밖에 내리는 하얀 눈을 보고 더럽다며 커튼을 쳐버리는 아이 이야기를 들었다. 흙을 만지려는 아이를 어른들이 말리는 장면도 많이 보았다. 어쩌다가 눈, 흙, 비가 도시에서는 '지지'가 되었을까. 겨울의 축복인 눈이 '지지' 취급을 받는 것에 안타깝다는 생각을 할 사이도 없이 따뜻한 실내에서 눈 구경을 하며 바깥과 거리를 두고 있는 나를 깨닫는다.

언제부터였을까. 흙에 푹 퍼질러 앉지 못하게 된 것이, 한여름의 강 앞까지 가서도 그늘에만 앉아있다 오게 된 것이, 아무도 밟지 않은 눈에 첫 번째로 몸을 던져 누워 보지 못하게 된 것이. 앞뒤의 걱정으로 행복을 눈앞에 두고도 달려들지 못한 때가 언제였던 그때 어른이 시작되었으리라.

시골에서도 여전히 그런 어른으로 살고 있을 때 친구네 가족이 집으로 놀러 왔다. 지금 생각해보면 우리 집을 우리보다 더 만끽한 가족이었던 것 같다. 마당의 창고가 허름하기도 했고, 대문이 없는 탓에 골목에서 마당이 훤히 보이는 것이 부담스러워 늘 뒷밭에서만 놀았는데 친구네 가족은 그 마당에서 풀장을 열어 여름을 보내고, 쌓인 눈 위에 텐트를 치고 겨울을 놀았다. 노부지 이 가족은 집안에서만 노는 법이 없었다. 맛집을 찾아다니지도 않았다. 며칠 먹을거리를 잔뜩 사 와서 마당에서 놀다가 먹다가 다시 놀며 시간을 보냈다.

　장마가 시작된 여름이었다. 아침부터 장대비가 내리고 있는데 친구네 첫째 딸 사랑이가 비를 맞으며 빗물이 만든 흙탕물 위에서 팔딱팔딱 뛰고 있었다. 깜짝 놀라서 돌아보니 엄마는 또 시작이라는 표정이었고, 아직 아기였던 둘째 딸 우주는 방충망 안에서 발을 동동거리며 언니를 부러워하고 있었다. 말리지 않는 엄마가 신기하단 생각이 들 무렵 마당 한쪽에서 아이 아빠가 나타났다. 아빠는 아이 손을 붙잡더니 산책하러 다녀오겠다며 장대비 속으로 사라졌다. 장마에 비 산책이라니. 허허, 헛웃음만 나왔다. 이미 비에 푹 젖었을 때라 별 소용도 없이 쓰고 간 우산도 돌아오는 길에는 접혀있었다.

　장맛비라 쉽게 그치지 않았다. 산책하러 나갔던 부녀는 돌아와서도 비를 맞으며 빗물 놀이를 계속했다. 사랑이가 진흙탕에 주저앉았다가 다른 진흙탕으로 뛰었다가 하며 놀고 있을 때 아빠는 혼자 낄낄거리며 지붕에서 떨어지는 빗물을 물 조루에 받고 있었다. 설마 설마. 물 조루에 빗물이 적당히 찼을 때 아빠의 웃음은 폭발 직전이었다. 안전한 거실 문틀 유리창 안에서 우리는 외쳤다.

　"안돼!"

아빠는 물 조루를 들고 딸의 머리 위로 뿌리기 시작하고 사랑이는 도망치기 시작했다. 온 사랑을 쏟아 딸을 무럭무럭 키우고 싶은 마음이었는지 친구는 딸의 뒤를 따라가면서도 물세례를 멈추지 않았다. 사랑이가 흙탕물에 미끄러졌을 때 안타깝게도 그 타이밍이 왔구나 싶었다. 그 타이밍이란 매번 즐겁던 놀이가 아이의 울음으로 끝나는 상황을 말한다. 예상대로였다면 넘어진 딸은 울고, 놀란 아빠가 아이를 들춰 안고 집으로 들어오는 그림이 펼쳐져야 했는데……. 이때다 싶은 아빠는 넘어진 딸을 향해서 물을 들이부었고 딸은 울기는커녕 더 신나고 있었다. 그쯤 되자 나는 걱정하기를 포기했다. 함께 뛰어놀 용기가 없던 내가 해줄 것이라고는 밥뿐이었다. 실컷 놀고 들어오면 밥이나 먹이자 싶어 부엌으로 갔다. 이날, 못 말리는 부녀의 웃음소리가 장맛비 소리를 뚫고 온 마을에 퍼졌을 거란 생각에 밥을 하면서도 웃음이 났다.

이 가족 덕에 남편과 나는 조금 바뀌었다. 남편은 원래 천혜의 풍경 앞에서도, 공기마저 행복한 날씨에도 꿋꿋하게 편하고, 아늑한 실내를 고집하는 사람이있다. 그에 비해 바깥을 워낙 좋아하는 나는 혼자서도 마당에서 꿋꿋하게 요리를 해 먹기도 하고, 불을 피우고 놀기도 했는데 점점 외로워져서 언젠가부터 바깥 놀이는 그리움 저편에 묻어 두고 있었다. 다행히 친구네 가족이 올 때마다 남편은 밖에서 함께 시간을 보냈고, 강물 앞에서 나도 머뭇거릴 때 먼저 물에 뛰어들곤 했다. 그런 남편의 변화에 너무 감동해서 하마터면 울 뻔했다. 한 번씩이라도 우리가 있는 환경을 즐길 수 있도록 와준 친구들이 고마웠다. 그 후로 틈만 나면 마을을 다니며 계절 놀이를 하기 좋을 곳을 물색하기 시작했다. 진흙탕 하나로 행복해하던 사랑이의 눈으로 주변을 둘러보니 곳곳이 놀 곳이었다. 장맛비 내리던 마당이 물놀이장이 되었으니 말해 무엇 하랴.

봄에는 공원에서 텐트를 쳐두고 어른들은 치킨과 맥주를 마시고, 아이들은 나비를 잡고, 물놀이 하기 좋은 강가에서 오리 배를 타고서 강의 물흐름을 짜릿하게 즐기며 여름을 보내며 계절을 놀았다. 작년 크리스마스에는 마을 뒤 경사진 매실 밭 사잇길을 점찍어 두고 눈이 오길 기다렸다. 눈이 오긴 했는데 수십 년 만의 폭설로 70cm 이상 눈이 쌓였다. 차도 사람도 움직이지 못했다. 그런데도 친구네 가족은 눈 속에 파묻혀 크리스마스를 보내겠다며 기어이 온다고 했다. 대구에서 순창으로 오는 길의 날씨 상황을 고속도로 구간마다 CCTV로 확인하며 괜찮은 길을 알려주었고 친구 가족은 무사히 도착했다.

눈이 오지 않는 대구에서 나고 자란 친구들과 아이들은
처음으로 경험하는 폭설이었다. 사랑이는 눈을 보자마자
온몸을 날려 천사의 날갯짓을 그려 보여주었고, 우주는 그
런 언니를 따라 하기 바빴고, 친구네 부부는 다시 대학 때
연애하듯 눈싸움을 하고 있었다. 소원을 풀듯 차에서 캠핑
장비를 잔뜩 내려 싣고 집까지 끌고 오며 친구는 행복하다
는 소리를 연발했다. 긴장하며 운전하느라 피로한 기색도
없이 빗물 대신 눈이 잔뜩 쌓인 앞마당에 텐트를 펼쳤고 밤
이 새도록 이야기를 나누었다.

날이 밝고 해가 뉘엿뉘엿 노을이 멋질 때쯤 푹푹 발을
디뎌가며 만든 길 끝에 선 마을 꼭대기 매실 밭에서 우리는
눈썰매를 타고 온 마을을 향해 질주했다. 또다시 웃음소리
가 마을에 퍼졌다. 덕분에 처음으로 완벽한 겨울이었다.
친구는 아이들이 오래도록 이 겨울을 기억해주길 바랐지
만 우리의 기억에 오래도록 남을 테니까 염려하지 말라고
했다.

두려움 없이, 머뭇거림 없이, 순수하게 자연에, 계절에
빠지면 꽤 괜찮은 어른이 될 수 있다는 것을 친구네 부부에
게서 배웠다.

할머니 경로당 총무

"정미야, 너 경로당 총무 해라."

"음……. 알겠어요."

모르는 일에 자꾸 겁을 내는 것이 아까워 경로당 총무가 무슨 일을 하는 줄도 모르고 덜컥 대답을 해버렸다.

"요기 아가씨한테 총무를 물러 줄란디 혹시 의견이 어떠실랑까 여쭐까 해서 왔어."

"누집의 딸이래?"

면에서도 번화한 편인 면 소재지에 있는 현포 마을은 크기도 크고 사람도 많아서 할머니 경로당만 해도 윗마을 아랫마을 두 곳이 있다. 책방은 아랫마을 쪽에 있어 윗마을 할머니들과는 잘 알지 못했다. 다음 총무로 나를 추천하는 이장님의 말에 할머니들은 선뜻 대답을 못 하시는 눈치였다. 그도 그럴 것이 경로당 돈을 관리하고 살림을 하는 일이 총무 아니던가. 누구 집 딸인 줄도 모르는데 덜컥 경로당 살림을 맡기기는 어려웠다. 선뜻 결정하지 못하는 할머니들을 눈치챈 이장님이 큰 소리로 얘기했다.

"야가 돈 갖고 문제 만들믄 내 전 재산을 걸고 보장할게."

이장님의 확실한 보증의 말에 한바탕 웃던 할머니들은 나에게 총무 자리를 허락하셨다. 허락이 떨어졌다는 안도감보다, 전 재산을 걸고 나를 믿는다는 이장님의 말에 놀랐다. 물론 나는 돈에 관해서라면 진실한 사람임이 분명하지만 살면서 누군가에게 저 정도의 신뢰를 받아 본 적 있었나 싶어서 어안이 벙벙했다. 이곳에 살았던 단 몇 년에 내가 사람을 얻었다는 생각까지 들어 하마터면 눈물이 터질 뻔했다. 그렇게 돈에는 진실하지만, 숫자 계산은 형편없는 나는 할머니 경로당 총무가 되었다.

코로나 상황이라 다행히 총무의 업무는 크게 많지 않았다. 경로당 보일러 기름을 확인하거나, 부족한 부엌살림을 채워 넣는다거나, 지자체에서 나오는 경로당 운영비를 신청하고 사용 내용을 정리해서 제출하는 것이 주 업무였다. 그 외에도 경로당의 운영에 문제가 생겼을 때 출동한다.

이를테면 경로당 텔레비전이 나오지 않는 다거나(외부 입력 버튼이 눌러져서), 고장 난 청소기를 수리해온다거나(무선 청소기를 손에서 놓쳐서), 유선 전화기를 교체하는 (오래되어 소리가 작은) 일들이었다. 문제가 생기면 이장님과 함께 출동하기도 하고 혼자 가기도 했다.

몇 달을 전화기가 먹통이 되어있었는지 유선 전화기 배터리를 바꿔도 소리가 들리지 않았다. 어디 안 쓰는 전화기 좀 구할 수 없냐는 할머니의 물음에 이장님은 새것으로 살 테니 좋은 것 쓰라고 호통쳤다. 늘 좋은 놈은 자식에게 미루고 쓰던 놈, 남는 놈만 쓰는 할머니들을 챙겨주는 마음을 아시는지 젊은 이장님의 큰 소리에도 할머니들은 배시시 웃으셨다.

근처 마트에서 새 전화기를 샀다. 숫자도 크고, 소리도 크고 할머니들이 좋아하는 빨간색으로 골랐다. 건전지를 끼고 전화선을 연결하니 그제야 '뚜' 하는 신호음이 들린다. 확인 차 휴대전화로 전화를 걸어본다. 귀가 찢어질 만큼 큰 벨 소리에 나는 나자빠졌는데 내 뒤에서 옹기종기 모여서 줄곧 지켜보시던 할머니들은 소리가 딱 좋다며 만족해하셨다.

경로당에 생기는 문제들은 대부분 젊은 사람들에게는 문제가 되지 않는 것들이었다. 사소하고 별 것 아닌 문제들이 할머니들에게는 아주 큰 일이었다. 할머니들의 삶에 참여하게 되면서 할머니가 되면 나는 어떨까보다, 세상이 내게 어떻게 달라지는지를 알게 되는 것 같다. 아직은 나도 할머니의 문제들을 쉽게 해결할 수 있었지만 내가 할머니가 될 때에는 또 세상이 얼마큼 더 변할지 모른다. 그때는 나에게도 어려운 세상이 되겠지, 그때의 나에게는 이장님처럼 다정스레 알려줄 이웃이 곁에 있을지, 리모컨을 붙잡고 함께 골몰할 친구가 있을지 궁금했다.

이장님 말고 모자란 총무를 이끌어 주시는 분이 따로 계셨으니 그분은 바로 할머니 회장님이시다. 할머니 회장님과 함께 한 첫 업무는 설맞이 떡 나눔이었다. 한해 두 번, 면사무소에서 경로당에 주는 쌀이 있다. 새해에는 그 쌀로 떡국을 끓여 먹곤 했는데 코로나가 터진 이후로는 함께 식사하기가 어려워 올해는 떡국 떡을 만들어 집마다 나눠드리기로 했다. 마을이 커서 올해 받은 쌀이 모자라 이장님이 직접 지은 쌀을 더 보태주셨다. 내가 지은 쌀도 보태려다 혼이 났다.

마을 방앗간에 맡겨 둔 떡을 찾으러 가는 날, 며칠 전에 뽑아 둔 가래떡은 잘 말라 떡국 떡으로 먹기 좋게 썰어져 배달하기 좋도록 한 봉지씩 담겨있었다. 떡을 차에 싣고 회장님과 마을 첫 집으로 향했다. 첫 집 앞에 차를 세우고 떡을 받을 할머니들 성함이 적힌 목록을 확인했다. 양손에 봉지 봉지를 들고 집집을 다니며 떡을 드렸다. 65세 이상의 할머니만 받는 마을의 새해 선물이었다. 다들 좋아하시니 설 산타가 된 기분이었다.

무사히 새해 업무를 마치고 경로당에 돌아오니 할머니들이 애썼다고 무전을 부쳐 두셨다. 무전? 물기 많은 무가 어떻게 전이 될까 생각하고 한 입 베어 물었는데 말캉하고 쫀득하고 짭조름하니 처음 먹어본 맛이었다. 따뜻한 보리차와 잘 어울려서 배가 차도록 먹었다. 나도 배우고 싶어서 무전을 만드는 법을 여쭤보았다.

알팡알팡 썬 무를 소금물에 꽉꽉 끓이다가 물성(말랑)해지면 무를 건지고 마린(마른) 밀가리를 요롱게 요롱게 묻혀서 마늘 좀 넣고 무 끓인 물에 밀가리 묻힌 무를 좀 담갔다가 부치면 된다는 것. 전 요리에 마늘이 들어가는 것이 드물어 여쭤보았다.

"마늘은 안 넣어도 되는데 넣으면 품위가 생기지."

할머니의 옛날은 지금의 나에게 너무 신선했다. 불쑥불쑥 할머니의 옛날을 만날 때마다 할머니가 새롭게 보였다. 할머니들이 꺼내놓지 않은 무수한 옛날을 다 만나보고 싶었다. 사람은 섞여져야 잘 산다던 경순 할머니 말씀이 떠오른다. 그 단순한 진리를 놓치고 산다.

손을 쓰면 달라지는 삶

누구에게나 '내가 할 거야' 시기가 온다. 칫솔질을 하고, 주전자로 물을 따르고, 양말을 신는 것 같은 대단할 것 없는 일상들이다. 엄마는 당시 겨우 4살이었던 내가 설거지를 하겠다며 싱크대에 올라갔던 일을 종종 얘기한다. 기억나지는 않지만, 나에게도 그런 시기가 있었나 보다. 미뤄둔 설거지를 보며 곰곰이 생각해보았다. 해야 할 일들은 점점 늘어나고, 하고 싶은 일도 미루며 살다 보니 요리된 음식을 먹고, 빨래를 맡기며 정작 삶에 가장 필요한 일들을 직접 하지 않아도 되는 것이라 여기게 되었다. 점점 내 손은 남의 손을 빌리는 데에만 쓰고 있었다.

시골살이를 하면서 그 시기가 다시 왔다. '내가 할 거야'는 아니었지만 '나도 갈래!'를 입에 달고 살았다. 시골의 모든 것이 흥미진진했다. 지나가던 길에 할머니가 깨만 털어도 옆에 가서 앉아있었다. 누가 가락엿을 사러 간다고 하면 나도 얼른 따라나섰다. 엿 방안을 들여다보면 딴 세상이 펼쳐졌다. 할머니들은 수증기 가득한 더운 방에서 엿을 늘리고, 찬방에서 엿을 굳혔다. 팀 호흡이 환상적이었다.

식당에서 장을 담그면 또 따라간다. 장 담그는 날로는 말, 호랑이, 토끼날이 좋고 소 날에는 메주가 질척거려 피한다는 것을 듣고서야 달력에 있는 동물 그림의 의미를 알았다. 소금물의 간을 맞추기 위해 달걀을 띄우는 과학적 지식도 배우며 얼추 할머니들 흉내만 내어도 장이 담가질 것만 같은 용기를 얻고 오기도 했다.

일단 가서 보면 직접 해보고 싶어진다. 이러니 환경이 중요하다 하는 것인가. 마을 이곳저곳을 다니며 여러 손을 구경하고 나면 늘 '나도 해봐야지'라는 작은 결심을 하게 된다. 된장도, 간장도, 고추장도, 김치도 담그고 겨울이면 조청을 만들고, 엿도 만들며 살아가는 내 모습을 꿈꾼다.

사실 대신할 손을 찾는 것이 더 어려워서 스스로 하게 되는 것도 많다. 예를 들면 동네 사람들이 다 농부라 마을 슈퍼에서는 채소를 팔지 않는다. 파, 마늘, 잎채소처럼 자주 먹는 채소는 직접 심어 두고두고 먹는 편이 편했다. 플레인 요구르트도 팔지 않는다. 슈퍼 언니에게 물었더니 맛없는 것은 팔지 않는다는 답을 들었다. 체력을 많이 쓰는 농부들과 어르신들이 아마 단맛을 더 찾기 때문일 것이다. 그 후로 요구르트는 집에서 만들어 먹었다.

냄비나 그릇을 넣을 데가 마땅치 않아 수납장이 필요했을 때 구불구불한 옛날 집에 맞지 않은 가구를 인터넷으로 사기보다 놓을 자리에 맞게 만들어 쓰는 것이 나았다. 신기하게도 그 과정들이 귀찮지 않고 즐거웠다. 나무를 구하기도 어렵지 않았고, 아무 데서든 펼치면 작업장이 되었고, 기계소음으로 이웃에 폐 끼칠 일도 없어서 그런 것 같기도 하다.

도시에서는 필요한 것을 손쉽게 구할 수 있지만, 시골에서는 돈을 주고 사는 것보다 내 손으로 직접 만드는 편이 쉬웠다. 직접 하는 것은 다른 만족감을 준다. 맛집을 찾기보다 마당에서 불 피우고 남은 숯에 구운 생선으로 차린 밥상이 더 맛있고, 마당 수돗가에 앉아 운동화를 빨고 햇빛 아래 널어두는 것이 좋고, 뽀얗게 다시 모양 난 운동화를 신으면 새 신발을 신는 것과는 전혀 다른 기분이 들었다. 뒷밭에 있던 감나무의 감을 딸 때도, 딴 감을 깎아 처마에 걸어 말릴 때도, 좋아하지 않는 감을 좋아하는 곶감으로 만들어 먹으려는 궁리로 스스로가 대견하기도 했다.

마당에 앉아있으면 몸을 움직여서 하고 싶은 일들이 저절로 떠오른다. 몸을 가만히 쉬게 두질 않는다. 뜯어 온 쑥을 씻어 말리거나, 꽃과 채소 씨앗을 심어두고 몇 달 후에 맛볼 나중을 미리 즐기기도 한다. 일이라고 한 것들이 즐거웠다. 즐거우니 일을 찾아서 하게 되었다. 별 것 없는 일상을 스스로 챙기며 꾸린다는 것이 이렇게 행복감을 주는지 예전에는 미처 몰랐다.

문제가 생기면 직접 손을 써야 했다. 어느 날에는 화장실 벽에서 물이 줄줄 흘렀다. 타일을 뜯어보았더니 수도 연결 부위가 잠겨있지 않아서 생긴 문제였다. 잘 잠그고 다시 타일을 붙여서 해결했다. 또 어떤 날에는 마당에 물이 솟아서 땅을 파보니 수도관이 노후 되어 삭아서 그런 것이었다. 땅을 파고 관을 교체했다. 직접 지은 집이 아니다 보니 문제가 생길 때마다 그제야 내가 사는 집을 알아가는 것 같았다.

농부들은 손으로 짓고 사는 사람들이라 그런지 다른 사람들도 웬만한 건 다 할 줄 알았다. 농기계가 고장이 나도 혼자 부품을 교체하고, 겨울철 보일러가 터져도 혼자서 고친다. 기계를 다루지만 않고, 기계 속도 아는 것이다. 그게 너무 멋있다. 취미로 낚시를 다녀와도 잡은 생선을 직접 손질하고 회를 뜨고 요리까지 한다. 생선마다 어느 부위를 어떻게 먹어야 맛있는지 마치 어부였던 것처럼 알고 있다. 형님들이 낚시하러 다녀오는 날에는 친한 사람들이 모두 모인다. 그날 출조한 낚시팀의 조황 사정을 들으며 먹는 싱싱한 회의 맛은 말할 것도 없이 최고다.

내 손으로 부족하면 이웃의 손도 빌린다. 차가 진흙에 빠진 적이 있는데 보험회사를 부르기도 애매해서 친구에게 전화했더니 친구가 트랙터를 몰고 왔다. 저 멀리서 커다란 트랙터를 몰고 나를 향해 오는 친구의 모습이 마치 영웅 같아서 나는 팔딱팔딱 뛰면서 소리를 질렀다. 친한 언니에게 그 얘기를 하니 여기서는 자주 있는 일이라고 했다. 이장님의 차가 논두렁으로 빠졌을 때도 마을 형님이 포크레인을 몰고 와서 차를 건져주었다며 누구에게든 그런 일이 생기면 다들 자다가도 도와주러 나간다고 언니는 말했다. 그리고 보니 눈길에 차가 미끄러워 멈췄을 때도 이장님이 한걸음에 달려와준 적이 있었다.

서로에게 서로가 있다니 든든한 기분이 들었다. 스스럼 없이 내 손을 빌려주고 받는 것이 너무 당연한 곳이었다. 내 손이 남을 도울 수도 있는 손이 될 수 있다는 것이 기뻤다. 손을 쓰면서 삶이 풍성해지고 있다. '내가 할 거야' 시기가 오래갈 수 있다면 좋겠다.

매달 보따리를 싸는 책방

원래는 지금 책방 공간은 친구가 빵을 굽고 나는 책을
팔고, 함께 커피를 팔아 얻는 수익으로 운영할 계획이었
다. 우여곡절 끝에 옆 식당 언니와 형님이 내어 준 공간을
빌려 공사를 시작했는데 어느 날 아침, 친구에게서 사업에
빠지겠다는 말을 들었다. 사실 그 친구가 함께 카페를 하
자고 매일 나를 조르는 바람에 시작하게 된 사연이 있었기
에 나는 큰 충격을 받았다. 친구의 일방적인 결정과 무책
임함에 나는 너무 실망했고, 다 관두고 싶었다. 하지만 군
에서 창업자금을 지원해주는 지원 사업을 받아 둔 상태였
기도 했고, 가게를 다 부쉬놓은 상태라 손을 놓을 수가 없
었다. 공간을 내어준 옆 식당 언니와 형님에게 미안해서
어떻게든 가게를 열어야 했다.

　평소 나는 숫자에도 둔하고, 감정도 얼굴에 고스란히
드러나는 편이라 장사에는 소질도, 자신도 없었다. 가게가
자리를 잡고 나면 운영에서 빠질 생각이었다. 하지만 친구
가 버린 책임까지 오롯이 내 몫이 되었다. 가게 안에 있는
것이 너무 괴로웠다. 길고 길었던 공사가 거의 끝날 즈음
지나가던 슈퍼 언니가 가게 안을 들여다보며 말했다.

　"보아하니 사랑방이 되겠구만."

　아직 정을 붙이지 못한 이 공간이 누군가에게는 그려지

는 모습이 있었나 보다. 정신을 차리고 힘을 내어 공간을 꾸미기 시작했다. 슈퍼 언니의 말처럼 사랑방이 될 공간을 만들어 보기로 했다.

둘러보니 마을에 빵집이 없었다. 빵을 팔면 사람들이 모일까 싶어 제빵을 배우려고 알아보니 크루아상 한 종류만 배우는데도 수업료가 백만 원이 넘었다. 수업료가 아깝지 않을 만큼의 수익을 낼 자신이 없어 포기하고 유튜브를 찾기 시작했다. 유튜브 덕분에 식빵, 모닝빵, 카스텔라, 멜론빵, 스콘, 쿠키, 샌드위치와 같은 내 실력으로도 가능할만한 빵들을 매일 만들었다. 만들고 나면 식당 언니와 이장님께 맛을 보였다. 맛도 좋고 모양도 나는 빵 몇 가지를 팔았지만, 소량으로 만드는 빵으로 수익을 내기는 힘들었고, 종일 빵만 만드느라 책방 일은 거의 할 수가 없었다. 결국, 어깨에 오십견을 얻고는 빵 만들기를 그만두었다.

이번에는 기획을 해 보았다. 정기적으로 마을을 찾는 사람들을 모으고 싶었다. 마을이 한번 오고 마는 관광지가 아니라 지속적인 인연이 될 수 있었으면 했다. 여행 삼아 찾는 곳에서 함께 밭을 지으며 계절을 겪고, 자주 오가며 얼굴 아는 이웃도 생기는, 장바구니 두둑이 수확물을 채우며 '아는 시골'을 만들어가는 여행 농사 모임이었다. 모임의 이름은 '클럽 밭'으로 짓고, 정원은 5명으로 정했다. 이동할 일이 많아서 내 차에 함께 탈 수 있는 인원이어야 했다. 빌려 받은 밭에서 꽃과 채소를 잔뜩 심어두고 한 달에 한 번 모임을 했다. 멧돼지의 습격을 받기도 했고, 관리가 되지 않아 온통 풀 천지가 되어버린 밭에서 지난달에 심어둔 식물을 더듬더듬 찾아야 했지만, 사람들은 즐거워했다. 그러다 코로나가 터졌고 서로 조심스러워지면서 모임은 더 지속하지 못했다.

코로나가 터졌으니 혼자서 조용히 찾을 수 있는 여행으로 마을을 소개하고 싶었다. 쓰레기를 줍는 아르바이트로 면 전체를 다니며 마을마다 있는 나무를 봐두었던 것이 떠올랐다. 여러 마을 이장님들께 마을 나무의 사연을 여쭈어보았다. 마을 나무는 마을을 지키는 수호신이 되기도 하고, 땀 흘리는 농부에게 그늘을 내어주기도 하고, 멀리 있는 길을 걸어온 마을 사람들에게 잠시 앉아 쉬었다 갈 수 있는 곳이 되어 주기도 하며 마을 사람들과 늘 함께 있었다. 마을 나무를 찾는 누군가도 그런 위로를 받아갈 수 있기를 바랐다. 여러 예술인과 함께 마을 나무를 소개하는 제작물을 만들었다. 마을 나무 사진을 찍어 포스터를 만들고, 그린 그림으로 지도를 만들고, 마을 나무마다 색을 담은 노래를 작곡해 연주 영상을 만들었다. 포스터는 책방 옆 식당에도 붙여졌고, 각 마을 이장님들께도 전했다. 어느 날엔 허락도 없이 면사무소 벽에 걸린 포스터를 보고 놀라기도 했다. 포스터 아래에 있는 책방 이름은 잘려져 있었다.

다시 책에 집중하기로 했다. 책방에서는 농사와 농촌에 관련된 책과 커피를 판다. 농부들이 많은 곳이니 농사에 관한 이야기를 나누면 좋겠다 싶었다. 밭이라는 공간에 초대된 사람들과 그달의 수확 작물을 키운 마을 농부들이 함께 그해 농사 이야기를 나누는 모습을 상상했다. 그러면서 나도 농사를 배우고 싶기도 했다. 그 후로 이웃 농부들을 찾아다니며 그들의 이야기를 모으러 다니기 시작했다. 코로나도 터지고 순창까지 사람들을 초대하기가 어려워 공간을 이용하지는 못했지만, 농부들의 이야기는 매달 수확 작물과 고른 책을 함께 보내는 '보따리'라는 책방의 정기구독 상품으로 사람들에게 전해졌다.

보따리는 쌈채소, 찻잎, 두릅, 매실, 블루베리, 포도, 밤, 감, 딸기로 제철 수확물을 겨울에는 엿방에서 할머니들이 만드는 가락엿, 조청과 양조장에서 만드는 술 등의 수작물과 농부들의 이야기를 들으며 고른 책과 함께 꾸려졌다.

보따리의 이야기가 조금씩 알려지기 시작했고《한 그루 열두 가지》라는 제목의 책으로 출판되기도 했다. 하지만 보따리는 책방의 수익에는 큰 도움이 되지 못했다. 농부님들을 찾아다니며 이야기를 듣고, 사진을 찍고, 컴퓨터 작업을 해서 인쇄까지 맡기고 나면 작물에 맞는 포장과 상자를 주문하고 택배를 보내는 일을 혼자서 다 해야 했다. 수익이 되지 못하다 보니 혼자 할 수밖에 없는 일이 많아 책방도 자주 비우다 보니 책방 운영에 중요한 수익이 되는 커피도 팔지 못하는 날이 많았다. 하지만 매달 농부들을 찾는 즐거움은 포기할 수 없었다. 이 마을 저 마을 매달 농부들을 찾아다니며 많은 것을 배웠다. 다들 그저 농부였다. 막상 그들의 밭에서 일하는 모습을 보다 보면 친환경, 관행농법 같은 말들은 소용없게 느껴진다. 계절을 받아들이며, 땅에 기대어 산다는 것이 어떤 것인지 농부들의 밭에서 깨닫게 되었다.

책방이란 이름과 공간으로 앞으로 또 어떤 것을 궁리하게 될지 모르겠지만 이웃들에게 더는 먹고 살 걱정은 끼치지 않고 살고 싶다. 멀리 보지 않고 그저 마을 사람들과 즐겁게 놀 수 있는 사랑방이 꼭 될 수 있었으면 좋겠다.

한글 선생님

'참기름.' 소주병에 붙어 있는 이름표에 적힌 글자를 본다. 손안에서 살살 연필을 돌리며 참기름이란 세 글자를 완성하는 박 어머니의 모습이 떠오른다. 참깨를 심고 키워 기름으로 짜기까지도 딱 넉 달이면 되었는데, 세 글자를 쓰는 데에는 얼마나 오랜 시간이 걸렸을까.

어쩌다 선생님이 되었다. 내가 만든 수업은 아니었다. 책방을 열어 흥미로운 수업을 시작하면 누구든 올 것이라 생각했다. 반응이 신통치 않은 수업을 몇 번 해보고서 얼른 접었다. 그 후로는 사람을 모으는 것이 겁이 났다. 혼자 딴 세상에 서 있음을 확인하게 될까 봐. 좋은 아이디어라며 하는 궁리들에는 의도만 있고 반응이 없으니 사실 현실성이 없었다.

필요할 것들보다 하고 싶은 일들만 자꾸 떠올라서 당분간 생각하지 않기로 하던 참에 이장님이 작은 도서관에서 진행하는 성인 대상의 한글 수업을 해보지 않겠냐고 제안했다. 비록 책방 밭 이름을 내건 수업은 아니었지만, 할머니들과 지내다 보면 무슨 수가 생기지 않을까 하는 기대로 시작하게 되었다.

매주 월요일, 목요일 저녁 7시 30분. 하루 2시간씩 수업이 이루어졌다. 수업 요일과 시간은 할머니들의 사정에 맞춰서 상의 후에 정했다. 농사철이라 할머니들은 저녁 시간만 가능하셨다. 수업시간이 얼마 남지 않았는데도 얼굴이 안 보이는 분이 계시면 할머니를 부르러 밭으로 간 적도 있다. 계절에 따라 수업시간을 바꾸기도 했다.

시골에는 저녁이 없다. 사방이 논이라 가로등이 없어서 오후가 지나면 바로 밤이 되어버린다. 여름에는 해가 길어 괜찮지만 해가 짧아지면 할머니들이 수업하러 오는 길이 어두워 위험했다. 깜깜한 저녁에 논길을 걸어 다니시는 것이 걱정되어 상의를 드려보아도 겨울에도 무슨 일이 그리 많으신지 7시 전으로는 수업을 한 적이 없었다.

어두워야 수업에 오기 더 좋다는 말이 가방을 들고 마을을 나서다 누구라도 마주치면 한글 배우러 가는 길을 들킬까 그랬다는 것을 나중에서야 알게 되었다. 사정을 알고 나서 수업은 무조건 저녁으로 정했다. 수업하러 가는 길에 먼 마을에 사시는 어머니들을 모시러 간다. 끝나면 다시 집으로 모셔다드린다. 남편과 둘만 타던 차에 소복이 할머니들이 타면 내 차는 통학버스가 되었다.

할머니들은 자유롭게 한글을 읽고 쓰고 싶은 마음이 간절했다. 하지만 손에 연필을 들 시간보다 호미를 들어야 할 시간이 더 많았다. 일이 눈에 밟히고 글자는 맴에 밟혔다. 지난 수업시간에 깎아 드린 연필은 닳아져 오는 법이 없었고, 가방도 지난 시간에 내려놓고는 그대로 다시 들고 오시곤 했다. 밭일로 고단했던 날에는 수업시간에 꾸벅꾸벅 졸기도 하셨다.

그런데도 할머니들은 수업을 소중히 여기셨다. 밭일이 아무리 넘쳐, 저녁 계모임이 있어도, 수업일을 깜빡 잊은 날은 늦게라도 꼭 오셨다. 그런 할머니들이 어느 날 수업을 빠진 적이 있었다. 할머니를 모시러 마을로 갔더니 정자에 다들 모여 계셨다. 좀 전에 마을에 부고가 생겨서 그 가족이 영구차를 기다리고 있는데 함께 있어 주어야 할 것 같으니 오늘 수업은 가기 어렵겠다고 하셨다. 한 손에 공부 가방을 손에 들고 계시는 것을 보니 집을 나서다가 소식을 듣게 되신 것 같았다. 빈 차로 돌려 나와야 해서 서운했지만, 할머니들이 멋있어서 가슴은 따뜻했다.

수업은 즐거웠다. 할머니들은 낱말을 쓰시면서 대뜸 배추 얘기를 꺼내거나 지난 밤, 마을에 있었던 이야기를 하셨다. 수업 중인데도 대화는 너무 자연스러워서 나도 모르게 수업을 하다말고 할머니들의 이야기를 듣게 되곤 했다. 처음 듣는 옛날 이야기들과 듣지 못했던 마을의 새로운 소식들이 너무 흥미로웠다. 수업을 멈추고 자리에 앉아 이야기만 나누고 싶기도 했다. 할머니의 이야기 중 사투리를 다 알아들을 수 없을 땐 말을 끊고 다시 물어보기도 했다. 그럴 때마다 내가 알 수 있는 말로 설명해주셨다. 할머니는 한글을 배웠고 나는 사투리를 배웠다. 우리는 서로에게 선생님이 되기도 학생이 되기도 했다.

선생님 대접은 너무 황송했다. 스승의 날과 연말에 돈 봉투를 받았다. 진짜 선생님이라면 큰일 날 일이었다. 너무 놀라 사양하다가 결국 혼을 듣고는 받은 돈 봉투를 들고 이 돈으로 간식을 사 오겠다고 했다가 다시 할머니들의 성을 들었다. 돈 봉투는 공식적이었지만 뒤로도 받은 것이 많았다. 참기름, 김치, 무, 고추장, 삶은 고구마, 쪽파, 감. 할머니들은 번갈아 가면서 다른 할머니들이 모르게 늘, 따로, 조용히, 암말도 말고 받으라며 챙겨주셨다. 값을 매길 수 없는 할머니들이 주신 정성과 마음은 당장 신고감이었다. 다시 한번 진짜 선생님이 아니라서 다행이란 생각이 들었다.

임용고시도 보지 않은 선생님이었지만 월급이 있었다. 군청에서 정한 총 수업시간을 다 채우고 나면 수업을 끝내야 했다. 겨울이 오면 농사일이 없어 할머니들도 여유가 생기는데 그때는 또 수업이 없었다. 한창 바쁠 때도 다들 열심히 공부했는데 심심한 겨울에는 놀아야 했다. 할머니들께 군청에서 수업을 끝내도 책방에서 계속 수업을 하자고 말씀드렸다. 월급도 나오지 않는데 책방의 전기를 써가면서 폐를 끼칠 수는 없다며 할머니들은 거절하셨다. 너무 단호하셔서 괜찮다는 말로는 설득이 되지 않아 포기하고 첫해 수업을 마쳤다.

다음 해에도 서로에게 선생님이 될 수 있을지는 모르겠지만 할머니들과는 계속 인연을 이어가고 있다. 여전히 불쑥 찾아가 밥을 얻어먹고 함께 수다를 떤다. 쌀쌀한 날에는 할머니의 안방에서 놀기도 하는데, 방 한쪽 밥상 위에 펼쳐진 한글 책을 보고는 괜히 내 마음이 더 간절해져서 할머니를 붙잡고 수다 대신 공부를 하다 오기도 한다.

한글 수업을 맡게 된 것은 행운이었다. 할머니들은 좋은 어른이셨다. 가르쳐 드리고 싶은 것보다 배우고 싶은 것이 많았다. 평생 좋은 선생님을 만난 적은 없지만 좋은 할머니들을 많이 만나게 되어 정말 다행이란 생각이 들었다.

우리에게는 할머니가 필요하다

"밥 먹으러 가려고요."

맡겨 놓은 쌀도 없으면서 내 멋대로 전화해서 통보한다. 공짜 밥도 한두 번이지 오늘은 빈손이 부끄러워 달걀 한 판을 사 들고 옆 마을 장정례 어머니 댁으로 간다.

어머니는 올해 한글 수업에서 처음 만나게 되었다. 특별한 계기가 없이는 다른 마을 분들은 알고 지내기 어려운데 수업을 통해 여러 마을의 할머니들을 사귈 수 있게 되니 하기를 잘했다는 생각이 들었다. 장 어머니는 늘 주눅 들어 하지 않고 당당하신 분이라 특별히 더 좋았다. 연세가 많아 전라도 사투리를 가장 많이 쓰셔서 할머니의 이야기 중 절반은 못 알아들었지만, 대화는 늘 즐거웠다. 할머니는 한글을 배우고 나는 사투리를 배웠다. 나중에 안 사실이지만 할머니도 내 말을 잘 알아듣지 못해 "응", "그려" 하고 넘긴 말이 많으셨다고 한다.

내가 가겠다는 전화에 반찬이 걱정되었는지 어머니는 집으로 돌아오는 길에 무밭에 들러 무 하나를 뽑아 오셨다. 아침 설거지도 안 한 설거지통 위에 도마를 얹고 무를 착착 썰더니 한 장을 내 입으로 쑥 넣어 주신다. 할머니에게 내가 불편하지 않다고 느끼게 되니 편안했다.

"무가 맛이 들었을랑가 어디 맛 좀 봐."

막 뽑은 가을무의 맛은 내가 살면서 가장 감탄했던 맛 중 하나. '아삭' 한입 베어 물면 차가운 무즙이 얼굴에 튀고 가을바람이 입안에 시원하게 들어찬다. 그 시원함이 무가 자라는 동안 품은 공기라는 것이 단번에 느껴진다. 한 번 두 번 씹고 나서 혀에 스며드는 단맛은 무맛의 최고 하이라이트. '달다'라는 말이 절로 튀어나온다. 단맛이 제대로 든 무가 진짜. 이곳에서 농사를 지으며 직접 뽑은 가을무를 씹어보고서야 비로소 계절의 맛을 알았다. 그 맛을 잊지 못해 해마다 놓치지 않고 무 씨앗을 심어두고 겨울이 오기를 기다린다.

달다 달다를 연발하니 어머니의 손은 더 빨라졌다. 무를 한 장 더 입에 물고 프라이팬에 기름을 둘렀다.

"달걀 몇 개 드실 거예요?"

"달걀 같은 거 하나 실컷 몬 묵고살면 어쩌. 실컷 부쳐."

역시 장 어머니다운 대답이다. 그렇게 말하는 할머니가 너무 멋있다. 상대와 나의 관계를 우물쭈물 계산할 틈도 없이 바로 튀어나오는 말. 편하게 해주시려는 말에 속이 시원했다. 꾸물꾸물 눈치 보지 않고 시원하게 달걀 여섯 개를 깼다. 달걀이 익을 동안 어머니의 양념 묻은 손을 대신해서 요리 시중을 든다. 어설프게 싱크대를 뒤져 간장병

뚜껑을 열어드리고, 시키는 대로 참기름을 붓는다. 스스로 생각해도 내가 참 천연덕스럽다는 생각이 들었다. 이 집에서 날마다 같이 살던 사람처럼 우리는 한 싱크대 앞에 나란히 서서 함께 요리하고, 마주 앉아 밥을 먹었다. 큰 대접에 밥을 푹 퍼서 할머니가 무친 생채에 고추장과 참기름을 넣고 며칠 굶은 사람처럼 퍼먹었다.

"개리지 않고 소탈하게 잘 묵어주니 고맙네."

"맛있어서 잘 먹는 거예요!"

다짜고짜 찾아와서 밥을 얻어먹는데도 고맙다 하시는 할머니가 나도 고마웠다.

장정례 어머니를 알기 전에는 이전에 살던 마을을 드나들었다. 집이 구해지지 않아서 다른 마을로 이사해야 했지만, 마을 할머니들은 여전히 나를 반겨 주시고 매번 마을로 언제 다시 돌아올 거냐 물으신다. 그렇게 반겨 주는 품에 한 번씩 쏙 들어가 옆에 앉아있다가 돌아오곤 했다. 어느 날엔 김장을 금지한 자식들 몰래 숨어서 김치를 담그는 현장을 목격하기도 했다. 그 자식이 내 친구라 속상한 마음을 충분히 알고 있었기에 친구 대신 잔소리를 했다.

"내가 이럴 줄 알았어! 이러고 숨어서 담그면 안 들킬 줄 알았지?"

"주고 싶은데 그럼 워쩌!!"

자식들 주고 싶은 마음을 참는 것이 서러웠는지 할머니가 되레 큰소리치셨다. 갑자기 쭈글해진 나는 구시렁거리며 무를 씻는 통에 슬쩍 손을 넣었다. 자식은 없어도 그 마음은 모르지 않기에 몰래 하는 김장을 되레 돕다가 책방으로 돌아왔다. 그리고 친구에게는 비밀로 했다.

이야기를 들으면 젊은 사람이 할머니를 돕는 것처럼 들릴지 모르겠지만 실은 내 마음이 울적해지거나 외롭거나 할 때 할머니를 찾는 것이다. 그러니 내가 주는 것이 아니라 맡긴 것도 없는 내가 내놓으라고 찾아가는 것이다. 갑자기 찾아가도 받아주실 줄 알고 가는 것이다. 할머니는 어찌 왔냐 묻지도 않고, 내 눈치를 살피지도 않고, 밥 먹었냐, 뭐 줄까부터 묻는다.

끝도 없이 주는 음식을 먹다 보면 배가 차서 그런지 마음도 스르르 괜찮아져서 내 사정을 털어놓기는커녕 어느새 할머니의 인생 이야기를 듣고 있게 된다. 그럴 때마다 굳이 꺼내어 풀어내지 않아도 되는, 할머니가 내어 주는 음식과 함께 꿀떡 삼켜 버려도 체하지 않는 마음도 있다는 것을 배워온다. 좋은 선생님이 많다 보니 옆에서 잘 배워두기만 하면 된다. 그러면 나도 언젠가 할머니 같은 할머니가 될 수 있겠지.

할머니가 정말 좋다. 종일 할머니 옆을 졸졸 따라다니며 일도 배우고, 밥도 같이 먹고 싶다. 넓고 푹신하고 재미있고 맛있는 것 가득한 할머니의 품이 아마도 살면서 힘들 때마다 필요했던 것 같다. 도시에서는 찾아갈 할머니가 없었으니 그렇게 날이 선 채로 살지 않았나 싶기도 하다. 예민하고 뾰족한 면을 여전히 둥글게 깎아 내지는 못하고 있지만, 이웃 할머니들의 너른 품에 꼭 쌓여 잠재울 수 있어 든든하다.

밤새 눈이 내리면

밤새 온 마을에 눈이 내렸다. 올해 제대로 내린 첫눈이다. 창밖을 내다보니 지붕도 나무도 돌담도 하얀 이불을 소복이 덮고 있다. 오늘은 남편이 일을 나가서 혼자 나갈 채비를 한다. 두꺼운 외투에 털모자, 장갑까지 단단히 입고, 끼고서 집을 나선다.

"드르륵드르륵."

골목길에서 누군가 눈 치우는 소리가 들린다. 매년 1등을 기대하고 밖으로 나가지만 부지런한 안집 할머니에게 매번 지고 만다. 할머니는 자신의 집 앞의 눈만 치우시지 않는다. 오늘도 우리 집 앞까지 오셔서는 대문 앞을 치우실 참에 내가 나간 것이다.

"제가 할게요. 이제 들어가서 좀 쉬세요."

"에구에구. 예전에는 이 길을 혼자 다 치웠는데……."

아직은 하고 싶은 마음이, 할 수 있었으면 하는 마음이 슬쩍 느껴진다. 작년 겨울에는 힘든 기색 없이 우리와 함께 눈을 치우셨는데, 올해는 꽤 버거워하시는 것이 눈에 보인다. 한 해 한 해 눈 쓸 때마다 마을 어르신들의 나이 듦이 느껴진다. 그래서 1등을 하고 싶었다. 마을 할머니, 할아버지께서 골목으로 나왔을 때 걱정거리인 눈보다, 참하게 치워진 길을 먼저 보시게 되는 모습을 상상하면서 말이다.

그러려면 오늘도 늑장을 부리지 말았어야 했지.

하지만 시간 많은 젊음이 가진 것이라고는 허울 좋은 여유라는 이름에 가려진 게으름뿐. 젊은 우리는 부지런한 할머니 할아버지를 이긴 적이 없었다. 젊은 덕분에 오늘도 1등을 놓쳤다. 앞집까지만 할머니의 손을 빌리고, 힘들어하시는 할머니를 댁으로 들여보낸 후 혼자서 골목길 끝까지 눈을 치웠다.

눈을 쓸어본 적이 없다. 눈이 오지 않는 대구에서 나고 자란 나는 직장을 서울로 가게 되면서 겨우 눈을 경험하게 되었다. 하지만 도시에서의 눈은 감상만 할 줄 알았지 집 앞의 눈이나 길에 쌓인 눈을 직접 치워 본 적은 없었다. 그러고 보니 그동안 내가 살던 골목의 눈은 누가 다 쓸었을까. 한 번도 관심을 가져본 적이 없었다는 것을 이제야 깨달았다는 사실이 다소 충격적이다.

시골에서 살고 마을 속의 집을 구하게 되면서 비로소 골목길을 낙엽도 쓸고 눈도 치우면서 살 수 있게 되었다. 그동안 이런 재미를 놓치고 살았다니. 처음에는 눈을 쓸 줄도 몰랐다. 눈이 잔뜩 쌓인 골목에 플라스틱 빗자루와 쓰레받기를 들고 나갔다가 창피를 당했다. 가벼운 플라스틱 빗자루는 무거운 눈 위에서 힘없이 팔랑대다 '틱' 하고 부러졌다. 쓰레받기도 쌓인 눈을 치우기에는 좋은 도구가 되지 못했다. 허술한 도구로 끙끙대고 있으니 안집 할머니가 눈 치우는 방법을 알려주셨다.

눈을 쓰는 방법은 이렇다. 준비물은 눈삽, 싸리비. 우선 큰 눈부터 치워야 한다. 눈삽 막대의 중간쯤 잡고, 길 중앙을 기준으로 삽으로 퍼내듯 한쪽으로 곡선을 그리며 눈을 치운다. 한쪽 방향이 지겨워지면 방향을 바꾼다. 큰 눈이 다 치워지고 나면 거친 싸리비로 난을 치듯 쉭쉭 길 위에 남은 눈을 쓸어내면 된다. 날씨가 좋아서 남은 눈이 금세 녹을 듯싶으면 싸리비는 생략해도 된다. 하지만 눈이 멈추지 않을 땐 치운 골목을 몇 번이고 다시 쓸어야 하니 체력을 한 번에 다 쓰지 않도록 해야 한다.

골목 끝까지 눈을 치우고 다시 집으로 돌아오는데 첫집 할아버지가 싸리비를 들고 웃으며 손을 들고 계셨다.

"여사님, 애썼어."

할아버지 손에 공손히 하이파이브하고 눈 쓸기의 마지막 과정인 싸리비 쓸기를 할아버지께 넘기고 집으로 돌아왔다. 올해 첫눈 쓸기는 안집 할머니가 시작하시고 내가 뒤를 잇고 첫집 할아버지께서 마무리하셨다. 사실 이 세집이 골목의 매년 눈 쓸기의 고정 멤버이다. 우리 셋을 제외하고 이 골목을 끼고 사는 마을 분들이 더 계시지만 연세가 많으셔서, 혹은 몸이 불편하셔서, 아니면 귀찮아서 나오지 않으신다. 첫집 할아버지는 한 집을 가리켜 이 집 사는 놈은 젊은 놈인데 눈도 쓸지 않는다며 그 집 앞은 눈을 치워주지 않아도 된다고 일러주시곤 하셨다.

하지만 그 집 사는 젊으신 분도 일흔이 넘으신 분이다. 귀찮아 나오지 않는 분의 집 앞도 모두의 골목이니 거르지 않고 치운다. 우리는 진짜 젊은 놈이니까. 지난번에는 눈을 치우고 들어왔더니 앞집 할아버지에게 전화가 왔다. 눈쓸러 못 나가서 미안하다고, 치워줘서 고맙다는 전화였다. 거기서 끝이 아니었다. 골목길에서 얼굴 뵐 때마다 고맙다 인사하시고, 마을 분 모두가 모인 자리만 생기면 좋은 사람들이라고 칭찬해주셨다. 그래도 미안하셨는지 들기름, 고추장으로 대신 마음을 더 전해주신다.

마을 청소 날 지각했을 때 깎인 점수는 이렇게 눈 오는 날 챙길 수 있다. 눈을 한 번 쓸고 나면 골목길에 있는 집집의 할아버지들께서 마을 회의 때마다 우리 부부를 입이 마르게 칭찬해주신다. 우리는 이 비법을 새로 이사 온 사람들에게 귀띔해 주고 있다. 쓸어내기 무섭게 눈이 쌓이고 또 쌓이는 날에는 거듭거듭 쓸어야 하기도 하지만 도시에 살았으면 해볼 수 없는 귀한 경험이라 여기며 즐겁게 하고 있다. 언젠가 도시 친구가 놀러 왔을 때 눈이 온다면 꼭 골목 눈 쓸기를 권해 볼 참이다.

눈 쓸기는 즐겁다. 혼자보다 여럿이 함께 쓸면 고단함보다 즐거움이 더 크게 느껴지는 것은 분명한 것 같다. 직접 손을 움직여 삶 주변을 살펴가며 살아가는 것은 누구에게나 필요한 일이 아닐까 싶다. 집으로 돌아오는 길, 뒤늦게 나온 아침 해 덕분인지 뿌듯해진 기분 때문인지 스산하던 골목길이 따뜻하게 느껴졌다. 오늘 아침밥은 더 맛있을 것 같다.

자연과 함께 산다는 것

재작년에는 어느 해와 다른 추위로 마을의 감나무와 대나무가 얼어 죽었다. 팔십 넘은 어른들도 대나무가 죽은 것은 처음 보았다 하셨고, 얼어 버린 감나무는 이듬해까지 감을 맺지 못했다. 그 전해에는 폭우로 강물이 넘쳐 근처 논들이 잠겼고, 그 전전해에는 매실 수확 철에 쏟아진 우박에 매실이 상처를 입어 팔지 못하기도 했다.

　"하늘님도 차암 너무혀."

　빌고 빌었던 마음이 결국 원망으로 내뱉어졌다. 계속된 가뭄에 애써 심어 둔 모와, 고추와, 들깨가 말라가고 있던 차였다. 세상 어떤 일에도 '워쩌' 하나로 삼키기만 하던 할머니들의 속이 도대체 궁금하던 참에 듣게 된 원망에 내 속이 다 시원해졌다. 그것도 잠시 할머니는 금세 뱉은 원망을 주워 담는다.

　"근디, 하늘님도 어째 못혀."

　피식 웃음이 났다. 역시, 하늘님은 그저 하늘님일 뿐이고 막상 정성으로 작물들을 심고 돌보고 거두고 치우고는 할머니 스스로의 힘으로 일구어내고 있으면서도 손에 얻어지는 것들은 덕분에 얻어진다고 여긴다. 애쓴 뒤에 오는 '워쩌'는 책임을 회피하는 말이 아니다.

　그래서 '워쩌'는 쉽지 않다. 일이 잘되지 않았을 때의 무

173

게로부터 해방되는 마법 같은 말이다. 무엇보다 '워쩌'는 일을 담담히 받아들이게도 하지만 '때문'을 찾지 않는다는 점에서 갖고 싶은 말이기도 하다. '때문'이 아니면 남을 탓하지도, 스스로를 탓하지도 않을 수 있다. '때문'만 아니어도 잘 살아갈 수 있다. 하지만 '워쩌'를 얻기 위해서 거쳐야 하는 과정이 있다. 삶과 죽음, 괴로움과 즐거움을 겪고 나서야 겨우 가질 수 있는 말이다. 그만큼 멀리 있는 말이기도 하다.

우리가 자연에 기대어 살고 있다는 것은 자연이 열매를 내어 주었을 때보다, 자연에 열매를 얻지 못하는 일이 생겼을 때 깨닫는다. 무사했던 계절과, 나아질 수 있는 계절을 또 받을 수 있다는 것에 감사하며 살아왔다면 큰일이 닥쳐도 덤덤히 받아 들일 수 있는 것이라 생각한다.

내가 짓는 논 근처에는 아주 큰 나무가 있다. 마을 사람들은 수백 년을 한 자리에 서서 살아온 나무들에는 특별한 것이 깃들어 있다고 여긴다. 누군가 그 나무에는 할머니 귀신이 살고 있다고 해서 오싹했던 적이 있다. 나도 모르게 무서워한 것이 죄송하다고 느껴져서 논길 나무 아래를 지날 때면 나무에 인사하곤 했다. 나무 아래서 저절로 드는 마음이었다.

660년 된 마을에는 오래된 당산나무가 있다. 마을 사람들은 그 나무에 마을신이 산다고 믿고 마을의 평안과 풍요를 기원하며 때마다 나무에 제를 올렸다. 어찌 보면 그저 나무일 뿐인데 특별하다 여겼다. 사람들은 작은 싹은 아이 돌보듯 하고 큰 나무는 어른 모시듯 했다. 사람도 자연 일부라는 말처럼, 자연도 사람의 일부로 있었다.

친한 언니가 자란 집 앞에는 아주 오래된 돌배나무가 있다. 그 나무는 언니의 어머니가 시집왔을 때에도 있었고, 언니의 큰 집 당숙모가 시집오셨을 때도 있었으니 나무의 나이가 어림잡아도 백 년을 넘겼을 거라 했다. 키만 훌쩍 크고 마른 지금의 모습과는 다르게 그 시절의 나무는 가지도 많고 잎도 무성했단다. 풍성한 가지에 잎과 꽃을 피워 그늘을 만들면 언니와 가족들은 나무 아래에 앉아 일을 하기도, 놀기도 했고, 한 나무 가득 배가 열리면 실컷 따서 먹기도 하며 긴 시간을 나무와 함께 살았다.

세월이 흐르고 언니와 형제들이 하나둘 집을 떠나고 어머니도 시골집에 혼자 계실 수 없게 되자 어머니는 집과 나무를 두고 도시로 나오셨다. 도시 집과 시골집을 오가며 지내시던 어느 날 갑자기 어머니께서 쓰러지셨다. 뇌경색이었다. 얼마간 병원에 계셔야 했지만, 다행히 어머니는 집으로 돌아오실 수 있었다. 갑자기 닥친 일이라 어머니는 자신에게 왜 그런 일이 생긴 건지 생각해보셨다. 그러다 불현듯 떠오르는 것이 있었다. 이제는 맺는 열매를 딸 사람도 없고, 떨어뜨리는 낙엽도 혼자서 치우기 힘드니 돌배나무가 인제 그만 쉬어도 되겠다 싶었던 어머니는 나무둥치에 약을 뿌렸다. 그 생각이 번쩍 들어서 어머니는 얼른 시골집으로 달려갔는데 배나무는 죽지 않고 살아 있었다.

어머니는 자신이 쓰러진 것이 배나무가 자신에게 벌을 준 것이라 생각을 하셨다. 그날부터 지극 정성으로 배나무를 보살피셨다. 둥글고 환하게 보름달이 뜬 밤에 어머니는 용서를 빌듯 손바닥으로 비벼 볏짚을 꼬았다. 엮은 새끼줄을 배나무에 걸어두고 어머니는 빌고 또 빌었다. 잘못했다고. 용서해달라며.

작은 씨앗 하나를 심어보아도 그렇다. 싹이 트면 반갑고, 해준 것도 없이 쑥쑥 자랄 땐 신통하고, 감당하지 못할 정도로 너무 커버릴 땐 겁이 났다. 열매가 달리면 고마웠고, 가을바람에 시들기 시작하면 서운했고, 죽고 나면 심란했다. 자연을 곁에 두고 살면 도시에서와는 다른 마음을 쓰며 사는 것이 분명한 것 같다. 그런 마음을 겪으며 살아서 사람도 자연히 자연이 되어가는 것이 아닐까. 어머니의 한 시절을 다 품고 있을 그 나무를, 이제는 혼자 남은 배나무를 어머니가 어떻게 느끼고 있었을지는 여쭤보지 못했지만, 배나무를 아프게 한 것은 미운 마음 하나만은 아닐 것이다.

보이지 않는 세상이 있다고 믿는다. 말 너머에는 마음이 있다고 믿듯이. 행동의 밑에 뜻이 있다고 여기듯. 할머니의 '워쩌'도, 오래된 나무에 소원하는 마음도 함께 산 세상이라 그런 것이라 여긴다. 나무에 깃든 것이 귀신이 아니라 사람이 자연과 함께 한 사람의 삶인 것처럼.

밭으로 떠나는 여행

멀리서 책방을 찾은 손님들로부터 종종 주변 관광지 질문을 받는다. 순창은 강천산과 출렁다리, 하늘길처럼 유명한 곳이 있지만, 자세히 들여다보면 마을 곳곳이 다 사랑스럽다. 길을 뒤덮은 호박 덩굴도, 초록 논을 뛰어다니는 개들조차 풍경이 되는 곳이다. 그래도 계절 여행이라면 꽃을 빼놓을 순 없겠다. 틈틈이 마을을 다니며 모아 놓은 계절의 꽃밭들을 소개한다.

꽃 여행이 시작되는 3월, 이곳은 매실 농사를 짓는 농부들이 많아서 따로 찾아다니지 않아도 산비탈 곳곳에 하얗게 피어 있는 매실꽃을 볼 수 있지만, 특별히 청년회의 매실꽃밭을 걸어 보기를 추천한다. 꽃이야 어디든 비슷하겠지만 청년회 농부들의 여러 손이 모여 함께 피운 매실꽃이니 특별함이 느껴질 것이다.

4월에는 출렁다리 앞 논들이 노랗게 피어난다. 벼가 없는 논에는 벼 수확을 마친 후 심어 둔 유채꽃이 논 풍경을 만든다. 유채꽃을 따라 논둑길을 걷다 보면 청보리밭을 만난다. 밭 옆 정자에 앉아 섬진강 바람을 맞으며 듣는 청보리의 춤 소리도 봄의 기억으로 새겨진다.

꾀꼬리가 울기 시작하면 멀리 숲에서 찻잎 따는 소리가 들려 올 것이다. 차 숲에는 햇빛 아래 줄지어 있는 차밭과는 다르게 산속의 다양한 나무들과 함께 자라는 차나무가 있다. 5월은 차나무가 새잎을 내는 달이다. 연둣빛 새잎을 두 손가락으로 똑똑 따며 봄 숲을 즐겨보아도 좋겠다.

임실 강진으로 가는 길가에 있는 작약밭은 달리던 차도 멈추게 한다. 흰빛, 분홍빛, 자줏빛 작약꽃이 펼쳐진 밭을 보노라면 마치 천국을 눈앞에 둔 것처럼 느껴진다. 작약밭을 보며 농사로 천국을 지을 수 있구나 하는 생각이 든다. 천국을 일구고 싶은 충동은 그즈음 마을에서 풍기는 향기로 깨어난다.

6월, 온 마을에 밤꽃 향이 가득 찬다. 고양이 꼬리처럼 생긴 밤꽃에서 어떻게 둥근 밤송이가 열리는지 그 순간을 목격하고 싶어 밤나무 곁을 줄곧 지키고 싶은 마음이 든다. 7월의 참깨꽃과 8월의 벼꽃도 꼭 챙겨 보아야 하지만, 여름에는 장마와 태풍에 밭들이 무탈하기를 빌어준다면 더없이 좋겠다. 밭들의 꽃들은 누군가의 밥꽃이기도 하니까.

10월의 배추밭에는 꽃은 없지만, 꽃처럼 자라는 배추를 볼 수 있다. 손으로 잎을 만지면 뽀드득뽀드득 소리도 난다. 그 소리가 나는 그렇게 좋다. 뽀드득한 잎은 찬바람 속에서 맛을 들여 아삭한 소리를 내는 김치가 되어 줄 것이다.

11월에는 은행밭으로 뛰어가자. 둑길에 길게 이어진 은

행밭은 해마다 때가 되면 꼭 찾아가 사진을 남기는 곳이다. 은행의 쿰쿰한 냄새는 기억해 낼 수도 없는 황홀한 노랑 빛에 취할 것이다. 그러다 어느 틈에 은행나무는 노란 잎을 시원하게 벗어버린다. 겨울이 온 것이다. 겨울의 논밭은 스산한 기분이 들지만, 눈이 오면 놀이터로 분위기가 바뀐다. 마을 뒷산의 매실 밭길은 눈썰매 타기에 완벽하다. 내려올 때 속도를 붙이기 알맞은 경사와 온 마을이 훤히 보이는 풍경과 실컷 소리 지를 수 있는 겨울 밭의 한적함까지. 매실 밭에서 겨울을 누려보자.

밭은 일터이지만 정원도, 놀이터도 될 수 있다. 무분별한 개발로 관광지를 따로 꾸미지 않아도 논밭 곳곳에서 계절의 진가를 느낄 수 있다. 시골 그대로의 풍경을 알아보아 주는 이가 많아지기를 바란다.

마을의 한 사람

책방은 자주 한가하다. 책방 옆 식당이 바쁘면 서빙을 돕기도 하고, 대신 밥을 배달하러 가기도 한다. 갖가지 반찬을 담아 손님상에 차리다 보면 책방 커피를 주문받기도 한다. 마을 식당이다 보니 손님들도 다 마을 분들이라 얼굴 본 김에 챙겨 받는 마음이 있다.

호기심이 많은 성격이라 책방 밖 세상이 늘 궁금했다. 식당 언니에게 밥 배달을 부탁받으면 신이 났다. 평소에 혼자서 이 마을 저 마을을 자주 돌아다녀서 마을 위치와 길을 잘 알아들을 수 있었고, 배달 가는 언니를 자주 따라다닌 덕에 밥 배달은 내가 잘 해낼 수 있는 부탁이었다.

배달 가는 길은 콧노래가 절로 나온다. 콧노래를 부르면서도 속도가 높아지면 출렁이는 국물이 쏟아질까 조심조심 운전한다. 그렇게 모내기철의 육묘 작업이 한창인 농협으로 일밥을 배달하러 가기도 하고, 매실 수확 철에는 밭으로 들밥 배달을 가기도 했다. 식사 왔다고 소리치면 땀을 흘리며 기다린 밥이라 그런지 다들 나를 반겨준다. 밥을 핑계로 서로 주고받는 짧은 안부는 돌아오는 길도 즐겁게 만든다.

다들 농한기로 바빠지면 면 소재지 길이 조용하다. 그러다 보면 손 바쁜 사람들에 마음이 쓰인다. 수확이 한창인 친한 언니네 블루베리밭으로 캔 맥주, 아이스크림, 냉커피를 같은 샛거리(새참)을 들고 간다. 수확한 블루베리 상자는 쉴새 없이 쌓여 가는데 언니는 꼼짝없이 혼자 앉아 일하고 있다. 떨어지지 않은 꼭지나, 덜 익었거나 상했거나 크기가 작은 블루베리를 한 알 한 알 골라내어 예쁘고 먹음직스러운 블루베리만 상품으로 채워 만들고 있었다.

자연스럽게 언니 옆에 앉아 채반을 무릎에 얹고 블루베리 고르는 일을 거든다. 바쁘게 움직이는 손만큼 입도 바빠진다. 웃다가 욕하기도, 한숨을 쉬기도, 다시 웃기도 한다. 사방이 펼쳐져 있는 논밭에서 실컷 떠들다 보면 속도 시원하게 뚫리는 기분이다. 이야기의 끝은 늘 바쁜 철 끝나면 한잔하며 제대로 떠들어 보기로 약속한다. 손에는 블루베리 한 상자를 얻어 들고서.

시골에는 각종 체육대회가 참 많기도 많다. 어느 날 마을 이장님이 훌라후프 몇 개를 사서 집에 던져주고 가셨다. 얼떨결에 순창군 체육대회에서 훌라후프 선수로 참가하게 되었다. 이장님의 무서운 직감이 소름 끼쳤다. 사실 나는 훌라후프를 아주 잘 돌린다. 허풍을 조금 보태어 걷기 시작했을 때부터 훌라후프를 돌렸다고 할 만큼의 실력을 갖추고 있다. 어떻게 아시고 마침맞게 제대로 된 선수를 찾으셨을까. 쉽게 우승을 할 수 있었지만 튀는 것이 싫어서 준우승이란 성적으로 대회를 끝냈다. 어쨌든 상품으로 선풍기도 탔고, 이장님이 따로 상여금도 챙겨주셨다. 거기서 끝날 줄 알았다.

여기저기서 훌라후프 선수로 참가해달라는 전화를 받았다. 계속 거절을 하다가 볼 때마다 부탁하시는 다른 마을 이장님 때문에 어쩔 수 없이 한번 더 나갔더니 순창군 전체 '이장단 가족 체육대회'였다. 각 마을 이장 가족들만 참여하는 행사였던 것이다. 눈치 보고 일찍 졌어야 했는데 또 못하지는 못해서 상위권 안에 드는 바람에 다른 선수들에게 추궁을 받기도 했다. 다들 체육대회에 진심이었다. 올림픽이나 월드컵에서 한국을 외쳤던 것처럼 자신이 살고 있는 면과 마을을 응원하고 있었다. 그들의 진심에 장난삼아 참여한 것이 미안한 마음이 들었다.

책방 창문을 닦고 있는데 철물점 아짐이 쪽파 한 포대를 뽑아서 해 닿는 도롯가에 앉아 다듬고 계신다. 나는 멀리서 지켜보기만 하고 있는데 지나가던 할머니들이 하나둘 모여 앉아 쪽파를 손에 잡는다. 혼자 하던 일이 금세 여럿이 되었다. 멀리서 보기도 흐뭇한 풍경이라 따뜻한 차를 들고 갔다. 위험하게 왜 길에 앉냐고 여쭈니 길에 앉아있어야 지나가던 사람도 보고 얘기라도 나눌 수 있단다. 책방을 차려두고 밖으로 내어 보이지도 않은 채 웅크리고 있었던 내가 괜히 찔렸다.

김장철이다. 막 담은 김치가 봉지에 담겨 이집 저집으로 바쁘게 다닌다. 올겨울에는 우리 집 냉장고에도 동계면 김치가 다 모였다. 김장철이 되면 집집이 서로 품앗이를 한다. 다들 큰일을 혼자 해결하려 하지 않는 것이, 당연하게 함께할 줄 아는 것이 부러웠다. 서로에게 야무진 손이 되어준다. 열심히 일하고도 몸이 축날 새가 없다. 집주인이 푸지게 준비한 샛거리(새참)와 밥 덕분이다. 실컷 일하고 웃고 먹고 돌아가는 길의 한 손, 한 손에 김치 한 봉지씩 들려있다.

몇천 포기를 담그는 식당 김장은 규모가 꽤 컸다. 배추를 뽑을 때부터 필요한 손이 많았지만, 부른 사람보다 알아서 돕는 사람이 더 많았다. 수많은 손이 배추를 다듬고 씻고 건졌다. 양념하는 날에는 마을의 큰 행사를 치르는 분위기다. 마을 할머니들은 아침 일찍 와서 식당에서 양념 준비를 하고 계셨고, 지나가던 사람들도 들어와 돕기도 했다. 어르신들은 옆에 앉아 막 담은 김치와 막걸리를 드시고, 일하든 안 하든 언니는 사람이 자리에 앉으면 준비해둔

수육과 과일을 내었다.

여기 와서 비로소 '산다'라는 말의 의미를 알았다. 멀찌감치 떨어져 관찰하지 않고, 마을 속으로 쑥 들어가 나도 거기에 속해 있는 느낌을 받는 것이 좋았다. 이게 사는 것이겠지. 농사는 잘 짓지 못하지만, 농촌에 필요한 사람이 되고 싶었다. 이제는 필요한 사람이 되고 싶은 욕심은 내려 두고 일단 살아가기로 했다. 살다 보면 언젠가 찾아질 것이라 여기며. 그저 마을의 한 사람으로 살고 싶어졌다.

"정미야 무지개 떴다!"

마을 길에 무지개가 떴다. 옆집 식당 언니가 불러 뛰쳐나가니 슈퍼 언니도 나오고, 가방집 아짐도 나오셨다. 알록달록 무지개를 마을 길에 서서 함께 보았다. 함께 섞여 있는 무지개도, 우리도 그림처럼 느껴지던 순간이었다.

에필로그

'워쩌'라는 마음으로

연고도 없는 시골에서, 계획도 없이 무작정 내려와 살기 시작하게 된 것이 벌써 7년이나 되었다. 실은 벼농사를 짓고, 책방을 하고 있지만, 농사에 큰 꿈을 갖고 귀농을 결심한 것도 아니었고, 하던 일을 살려 도시와 농촌을 잇겠다는 꿈도 없었다. 그저 자연이 있는 시골에서 마을의 한 사람으로 살고 싶었던 것뿐이었다.

그렇게 가벼운 마음으로 시작했는데 사실 시골살이는 고향 대구에서 서울로 가서 살던 것과는 달랐다. 서울에서는 그저 나의 일만 있으면 되었고, 열심히 하면 인정도 받고, 취미생활로 친구도 사귀며 살 수 있는, 그렇게 일을 중심에 두면 살아지는 곳이었다.

시골에서는 혼자서는 할 수 있는 일이 없었다. 연고도 없는 우리가 할 수 있는 일은 당연히 없었다. 그걸 인정해야 했다. 모르는 것밖에 없고 혼자 할 수 있는 것이 없으니 이웃들에게라도 기댈 줄 알아야 했는데 돌이켜 보면 그게 가장 힘들었던 것 같다. 김치 한쪽을 받아도 갚아야 편안했다. 하지만 받을 때마다 갚는 것은 주는 마음에도 경계를 만드는 것이었다. 몇 번이나 꾸중을 듣고서야 부담스럽지 않게 받기도 하며, 한 번씩 부탁도 할 수 있었다. 군이 혼자 힘으로 무엇이 되어야 한다는 부담을 내려놓고 실컷 신세 지며 흘러 가는 대로 한번 살아가 보기로 했다. 그때 우리가 가진 것이라고는 마음과 시간뿐이었으니까.

이웃들은 사는 모습으로 사는 법을 알려주었다. 그리 애쓰며 살지 않아도 된다는 것, 이런저런 사람이 함께 섞여 살아야 한다는 것, 큰일이 생기면 '워쩌'라는 마음으로 넘길 수 있다는 것, '워쩌'라는 마음으로 미운 사람도 받아들일 수 있다는 것, 갚지 않아도 되는 마음이 있다는 것, 그리고 무엇보다 사는 데에는 마음 편한 것이 최고라는 것을 그들 옆에서 함께 살면서 배웠다. 그러고 나니 별일 없는 하루하루가 얼마나 소중한 것인지도 알게 되었다.

매일 아침 책방으로 출근해 옆집 아짐들과 아침 인사를 하고, 슈퍼 앞에 앉아 친한 언니들과 점심 커피를 마시며 수다를 떨고, 맛있는 저녁거리가 생기면 이웃이 함께 모여 밥을 먹고, 서로의 생일을 챙기고, 슬픈 일에 달려가고, 기쁜 일에 축하해주는 지극히 평범한 일상이야말로 따로 누군가를 위한 일을 궁리할 필요도 없는 서로를 위한 것임을 깨닫는다.

서로가 함께 살아왔고, 서로에게 함께 살아갈 사람들이었다. 그것이 내가 시골에 반한 가장 큰 이유였다. 아이들부터, 할머니, 할아버지까지 모두가 가까이에 있다. 집집의 아이들을 보며 귀하게 여기고, 이웃의 허물을 덮어주고, 할머니, 할아버지들에게 의지하고 대접할 줄 안다. 그러니 노년도 그리 막연하지 않다. 필요 때문에 모인 사람들이 아닌, 자연스레 생겨난 사람들로 채워져 있으니 서로에게 담담하다. 그 담담함을 이해하기란 여전히 어렵지만 옆에서 보는 것만으로도 마음이 편안해진다.

흘러 가는 대로 사는 것이 두려웠던 적이 있었다. 꼼꼼하게 고른 선택으로 인생이 꼭꼭 채워지길 바랐다. 하지만 흘러 가는 대로 살아야 살아볼 수 있는 삶이 있다는 것을 이제는 안다. 선택하지 않은 인생도 편안하게 여기며 살 수 있기를 스스로에게 바란다.

시골에 변화가 없다는 것은 변함이 없다는 뜻이 된다. 이제는 변화를 일으키는 꿈은 꾸지 않는다. 새로운 것보다 지키는 것이 더 어려우니 있던 것들에 자꾸 마음이 간다. 그 마음만 챙기며 살아도 저절로 할 수 있는 일이 생길 것이라 생각한다. 변함없는 자연도, 가족도, 친구도. 늘 내 곁에 있어 준 사람들을 돌아보아야겠다. 변함없는 인생이 좋아진 것을 보면 인생의 진리를 벌써 깨달아 버린 것인지 모르겠다. 시골 덕분이다. 곁에 있어 준 모든 이웃에게 고맙다는 인사를 전하고 싶다.

내가 좋아하는 것들, 시골

초판 1쇄 발행 | 2023년 4월 10일

지은이   박정미
펴낸이   이정하
디자인   소보로

펴낸곳   스토리닷
주소   서울시 서초구 방배동 934-3 203호
전화   010-8936-6618
팩스   0505-116-6618
ISBN   979-11-88613-31-1 (03810)

홈페이지   http://blog.naver.com/storydot
인스타그램   @storydot
전자우편   storydot@naver.com
출판등록   2013. 09. 12 제2013-000162

스토리닷은 독자 여러분과 함께합니다.
책에 대한 의견이나 출간에 관심 있으신 분은 언제라도 연락주세요. 반갑게 맞이하겠습니다.